Die toten Stunden waren die besten.

Don DeLillo „Körperzeit"

Prolog

Als sie aufwacht, spürt sie, dass sie allein ist. Da ist nichts, kein Geräusch, keine Stimme, kein warmer Atem. Keine Menschenseele, der sie sagen kann, dass die Dunkelheit ein Tier ist, das auf ihrem Gesicht liegt und auf ihrer Brust. Eine Katze, eine große schwarze Katze, die sie gefangen hält. Ein riesiges Katzenungeheuer, das sie mit seinem ganzen Gewicht zu Boden drückt und seine Krallen in ihren Rücken bohrt. Und dass sie nachhause möchte, nachhause zu Mam und Dad. Vorsichtig unter der Katze hervorkriechen und dann aufspringen und losrennen, wenn ihr die Katze nicht bei jeder Bewegung die Krallen tiefer in den Rücken bohren würde, immer tiefer und tiefer, und dass das so weh tut, so furchtbar weh.

Irgendwer sollte jetzt bei ihr sein, irgendwer, am besten Mam. Mam würde sie in die Arme nehmen wie früher, als sie noch ein kleines Kind war, und dann würde sie die Schmerzen wegblasen, einfach wegblasen. Und Mam würde ihr sagen, wo sie hier eigentlich ist, und woher dieser Geruch nach faulen Äpfeln kommt, nach Schimmel und nach Erbrochenem. Und wieso ihr so kalt ist, so entsetzlich kalt, als wäre ihr Körper ganz mit Eiswasser gefüllt, und warum sie ihre Beine nicht mehr spürt, beide Beine wie tot, einfach weg, wie aufgefressen von der großen schwarzen Katze.

Aber da ist nichts, so sehr sie auch in die Stille hineinhorcht und in die Dunkelheit starrt. Nur diese Bilder sind da, immer wieder diese Bilder. Das zu einer teuflisch grinsenden Fratze verzerrte Gesicht des alten Mannes. Die Totenmasken von der jungen Frau und dem Kind. Abgeschnittene Hundeköpfe. Gehirne und

Herzen und Augen, hunderte Augen, die in einer gelben Flüssigkeit schwimmen. Die brennende Katze. Und immer wieder das Gesicht des Mannes und sein teuflisches Grinsen. Kein höllisches Gelächter, nur dieses lautlos triumphierende Grinsen eines stummen Dämons.
Mam würde machen, dass sie weggehen. Dass sie verschwinden, diese Bilder und dieser bittere Geschmack nach Mandeln und Blut in ihrem Mund und das schwarze Katzenungeheuer, das immer schwerer wird und ihr die Brust zusammenpresst, sodass sie kaum mehr atmen kann. Mam würde ihr sagen, dass alles nur ein böser Traum ist. Auch der Körper, an den sie plötzlich mit ihren Fingerspitzen gestoßen ist, als sie vorsichtig ihre Hand zur Seite ausgestreckt hat, dieser Körper und dieses Gesicht, das sich so kalt und leblos anfühlt, wenn sie es berührt. Dass das nicht der Körper von Sandra ist, nicht das Gesicht ihrer besten Freundin, würde Mam sagen. Dass sie sich das alles nur einbildet und dass sie keine Angst haben muss, weil in Wirklichkeit alles gut ist, alles wieder gut.
Und auf einmal ist da ein Licht, ein schmales, hell erleuchtetes Rechteck oben am Ende einer steilen Treppe. Und in diesem Licht steht eine Gestalt, reglos und dunkel wie ein Schatten. Mam, flüstert sie. Mam? Doch nach wenigen Augenblicken verschwindet die Schattengestalt, und das Licht erlischt.
Wieder nur Dunkelheit und Stille und Kälte und die Krallen in ihrem Rücken. Plötzlich weiß sie, was sie gesehen hat, war nicht Mam. Diese Schattengestalt war er. Niemand anderer als er. Er, der ihr jetzt zeigt, wer er in Wirklichkeit ist. Er, der Mann mit dem teuflischen Grinsen. Er, der sie jetzt in seiner Gewalt hat, gefangen in seinem Reich der Finsternis. Jetzt gibt es kein Entkommen mehr.
Nein, das ist nicht nur ein böser Traum, aus dem sie aufwachen wird. Das ist die Wirklichkeit. Sie hätten es wissen müssen. Sie hätten nicht tun dürfen, was sie getan haben, sie und Sandra. Sie

hätten die Grenze nicht überschreiten sollen. Dabei war alles doch nur ein Spiel. Nichts als ein Spiel, am Anfang jedenfalls.
Wenn sie seinen Namen wüsste, würde sie ihn rufen, den Herrn der Finsternis, den Dämon der Schatten. Würde zu ihm beten und ihn um Vergebung bitten und um Gnade. Du musst ihn bei seinem Namen rufen, hat man ihr einmal gesagt, daran erinnert sie sich, nur wer ihn bei seinem Namen ruft, wird von ihm erhört. Baileys. Wie aus dem Nichts taucht dieses Wort auf. Baileys. Sie sieht es ganz klar vor sich, in großen, hellen Buchstaben. Baileys.
Vergib uns, Baileys, betet sie, und sie hat keine anderen Worte, kein anderes Gebet, vergib uns unsere Schuld, wie auch wir vergeben unseren Schuldigern, und führe uns nicht in Versuchung, sondern erlöse uns von allem Übel, denn dein ist die Macht und die Herrlichkeit. Und dass er die große schwarze Katze von ihr wegnehmen soll, darum fleht sie ihn an, und dass die Kälte vergeht und dass er Sandra wieder lebendig macht und dass sie wieder nachhause dürfen.
Aber er ist noch lange nicht fertig mit ihr. Er befiehlt dem Katzenungeheuer, seine Krallen wieder und wieder in ihren Rücken zu schlagen, er schickt Blitze in ihren Kopf und einen heulenden Sturm, und dann lässt er das eiskalte Wasser in ihrem Körper gefrieren. Sie spürt, wie langsam alles in ihr erstarrt, wie das Eis wächst und sich immer weiter ausbreitet in ihrem Bauch, in ihrer Brust, in ihren Adern.
Und dann ist plötzlich alles verschwunden, der Gewittersturm in ihrem Kopf, die Schmerzen, die Angst. Sie ist ganz ruhig. Ruhig und erstaunt. Was von ihr bleiben wird, fragt sie sich. Ihr Herz und ihr Gehirn und ihre Augen in einer gelben Flüssigkeit? Und eine Totenmaske?
Sie ist so müde, so furchtbar müde. Es fällt ihr immer schwerer, ihre Augen offen zu halten. Das Licht oben am Ende der Treppe kann sie kaum mehr wahrnehmen. Es ist trüb und verschwom-

men, wie hinter einem dunklen Schleier. Schemenhaft auch die kleine Gestalt, die langsam die Stufen heruntersteigt und dann lange neben ihr steht, stumm und grau. Ein Schattenwesen, das sich auf einmal über sie beugt, ganz tief, so dass sie meint, seinen Atem zu spüren und sein Gesicht zu sehen. Ein blasses Gesicht mit unendlich traurigen Augen. Ein Gesicht, bleich wie der Tod. Mam?

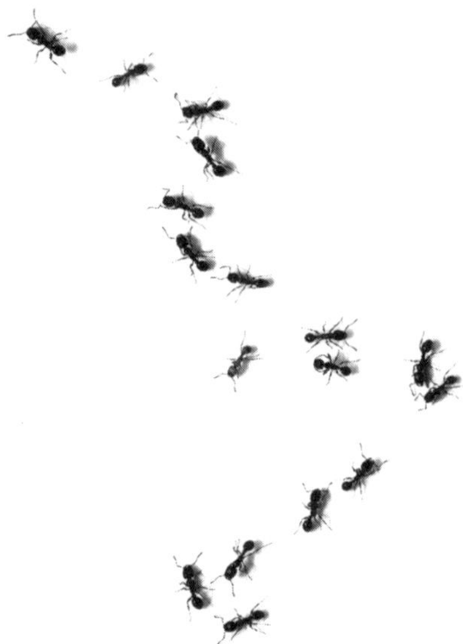

Montag

**Keine Spur von Sandra und Daniela!
Opfer einer Sexbestie?
Polizei schaut tatenlos zu!**

Ein beschissener Tag beginnt mit einer beschissenen Schlagzeile, dachte Klaus Wagner und fegte mit einer zornigen Handbewegung die Zeitung vom Tisch. Dabei stieß er an seine Kaffeetasse, der Kaffee schwappte über die Tischplatte, die Tasse flog in hohem Bogen durch die Küche und zerschellte auf dem Boden. Wagner starrte die Scherben an. Klar, ausgerechnet seine Lieblingstasse war zu Bruch gegangen. Der Tag schien tatsächlich alle Anstrengungen zu unternehmen, ein beschissener Tag zu werden. Ein ganz und gar beschissener erster Tag von vierzehn Urlaubstagen.

Eigentlich hatte Wagner vor, gleich nach dem Frühstück mit dem Fahrrad zum Haus seiner Eltern zu fahren, um seine Mutter zu besuchen, die dort allein lebte, seit sein Vater vor mehr als zwei Jahren gestorben war. Außerdem wollte er sich einen Überblick darüber verschaffen, was im Haus alles repariert werden musste, und den Rest des Tages wollte er im Garten arbeiten, der seit Vaters Tod zunehmend verwilderte.

Das Haus lag nur etwas mehr als eine halbe Stunde von Wagners Wohnung entfernt, dennoch hatte er sich bisher kaum darum gekümmert. Gleich nach der Polizeischule war er nach Wien versetzt worden, und obwohl er ein paar Jahre später wieder nach Salzburg zurückgekommen war, um zuerst in der Bahnhofswachstube seinen Dienst anzutreten und dann sogar in der Polizeiinspektion in Taxham, dem Stadtteil, in dem er aufgewachsen war, hatte er es vorgezogen, sein Privatleben unabhängig in seiner eigenen Wohnung zu führen, statt sich wieder dem väterlichen Autoritäts- und Ordnungswahn auszusetzen.

Wagners Eltern hatten das Haus vor über sechzig Jahren gebaut, gleich nach dem Krieg. Mit ihren eigenen Händen, wie sie immer wieder betont hatten, und auf einem abgelegenen Grundstück am Stadtrand, das damals noch für wenig Geld zu haben war, einem Bruchteil des Betrages, den man heute dafür hinlegen müsste. Nur so hatten sie es sich leisten können, denn Wagners Vater war ebenfalls nur ein einfacher Polizist gewesen.

Gewiss, als Kind hatte Wagner das Haus und vor allem den riesigen Garten mit seinen Apfelbäumen, Ribiselstauden und Holundersträuchern geliebt, das reinste Paradies war das alles für ihn gewesen. Aber seinen Vater hatte er sehr bald nur als einen Mann erlebt, der ständig verbissen Hecken geschnitten, Rasen gemäht, irgendwelche Leitungen verlegt, Verputz ausgebessert und Wände gestrichen hatte oder mit anderen wichtigen Arbeiten beschäftig gewesen war, statt mit ihm zu spielen. Und später, wenn Wagner als Halbwüchsiger lieber im Garten mit seinem Fußball zwischen zwei Bäume Tore geschossen oder in seinem Zimmer Platten gehört hatte, statt Unkraut zu jäten oder zu helfen, die Fensterläden zu streichen oder wenigstens auf seine kleine Schwester aufzupassen, hatten die vorwurfsvollen Blicke seines Vaters immer ein Gefühl des Unbehagens und Widerwillens in ihm ausgelöst.

Haus und Garten waren für Vater Zeit seines Lebens das Allerwichtigste gewesen. Keine Freude, sondern Aufgabe und Verpflichtung. Ein Lebenswerk, an dem sich gefälligst auch sein Sohn zu beteiligen hatte. Aber das hatte bloß dazu geführt, dass Wagner im Laufe der Zeit das Haus mehr und mehr nur noch als Belastung empfunden und irgendwann das Interesse daran völlig verloren hatte.

Außerdem war es für ihn unerträglich gewesen, mit ansehen zu müssen, wie bedingungslos sich Mutter seinem Vater untergeordnet, ja geradezu unterworfen hatte. Nur Vaters Meinung hatte gegolten, nur was er gesagt und getan hatte, war richtig gewesen. Und deshalb hatte Wagner schließlich auch die Besuche bei seinen Eltern auf Pflichttermine wie Weihnachten und Geburtstage beschränkt.

Erst seit dem Tod seines Vaters sah Wagner wieder öfter nach seiner Mutter. Und wenn er dann manchmal noch ein wenig allein im Garten saß, die frische Luft und die Kühle und Stille des Abends genoss, bevor er wieder zurück zu seinem Wohnblock fuhr, kam ihm immer häufiger der Gedanke, dass es vielleicht gar nicht so übel wäre, hier im Grünen irgendwann wieder zuhause zu sein. Später einmal, als Pensionist, in vier, fünf Jahren vielleicht. Doch wenn das Haus bis dahin nicht völlig heruntergekommen sein sollte, musste er möglichst bald damit anfangen, etwas dagegen zu unternehmen. Und genau das wollte Wagner in seinem Urlaub tun.

Aber statt loszufahren und das herrliche Frühsommerwetter für die Arbeit im Garten zu nützen, musste er jetzt erst einmal mit Bergen von Küchenkrepp den verschütteten Kaffee aufwischen und dann, auf Knien über den Küchenboden rutschend, vorsichtig alle Scherben auflesen, in der Hoffnung, seine Lieblingstasse irgendwie doch wieder zusammenkleben zu können. Obwohl das absolut lächerlich war, denn im Grunde war die Tasse völlig wertlos. Nichts als ein dunkelrot glasiertes, plumpes Stück Dutzendware aus Steingut, auf dem sein Vorname stand, und das er für wenig Geld nachkaufen konnte. Aber die Tasse war das erste Geschenk, das er von Christina bekommen hatte, damals, als sie noch frisch verliebt und glücklich gewesen waren. Und dass diese Tasse jetzt ebenso in die Brüche gegangen war wie seine Beziehung mit Christina, das tat Wagner weh. Ein grauer Schleier würde nun über dem ganzen Tag liegen. Und schuld daran

war nichts als diese idiotische Schlagzeile auf der Titelseite der Zeitung!
Er legte die Scherben auf den Küchentisch und versuchte die Teile zusammenzufügen. Ein Stück fehlte. Als er wieder auf allen Vieren über den Boden kroch und unter den verstreuten Zeitungsseiten nach dem kleinen, roten Puzzleteilchen suchte, blieb sein Blick erneut an der Schlagzeile hängen. Er hockte sich hin, und mit einer Mischung aus Neugier und Ärger begann er nun doch alles zu lesen, was sich die Zeitungsschreiber aus den Fingern gesogen hatten, um damit den Verkauf ihres Schmierblattes zu steigern.
Es war der übliche sensationsgeile Schwachsinn, der sich als Aufdeckungsjournalismus ausgab. Seitenweise Unterstellungen, Mutmaßungen und Halbwahrheiten, die zu einer ungeheuerlichen Horrorgeschichte zusammengekleistert worden waren. Nichts fehlte, was Grauen und Abscheu erregen oder auf die Tränendrüsen drücken sollte.
Fast die ganze erste Seite nahmen natürlich die großformatigen Bilder der beiden vermissten Mädchen ein. Sandra und Daniela, zwei blasse, magere Vierzehnjährige mit kurzen, struppigen, schwarz gefärbten Haaren. Sandra war bei irgendeinem Fest fotografiert worden, ihre Freundin Daniela in einem Strandcafé. Wagner kannte die Fotos. Es waren dieselben, die er von den beiden Elternpaaren erhalten hatte, als die ihre Kinder auf der Polizeidienststelle als abgängig gemeldet hatten. Das war erst vor vier Tagen gewesen. Er hatte versucht, die Eltern zu beruhigen, weil die Mädchen seiner Erfahrung nach sicher bloß von zuhause ausgerissen waren und spätestens in einer Woche von selber wieder auftauchen würden, müde, hungrig und verdreckt, aber gesund und munter, wie alle Kinder, nach denen er bis jetzt die Fahndung eingeleitet hatte. Doch die Eltern hatten offenbar die Nerven verloren und sich an die Zeitung gewandt. Und für die war das natürlich ein gefundenes Fressen.

Diese Schmierfinken wussten ganz genau, womit sie ihre Leser füttern mussten. Mit eiskalter Berechnung spielten sie die Emotionskarten aus. Zuerst die Mitleidskarte: den verzweifelten Hilferuf der Eltern, die ihre Kinder als die reinsten Engel beschrieben, als liebevolle Töchter und wahre Musterschülerinnen, unschuldig und hoffnungsvoll und jetzt ganz gewiss in höchster Gefahr. Wo seid ihr? Gebt uns ein Lebenszeichen! Wer hat unsere kleinen Lieblinge zuletzt gesehen? Bitte, rettet sie, um Himmels Willen, rettet sie!

Dann zogen sie die Verunsicherungskarte: Eine Tirade über die ganz offensichtlich untätige, entweder völlig unfähige oder hoffnungslos überlastete Polizei, die lieber Jagd auf Verkehrssünder mache, statt nach den vermissten Mädchen zu suchen. Und im selben Atemzug über eine Polizei, die nicht bereit sei, irgendwelche Auskünfte über den Stand der Ermittlungen zu geben, weshalb man wohl die berechtigte Frage stellen müsse, was die Polizei zu verbergen habe, welche Fahndungsfehler, welche entsetzliche Details, welche möglicherweise persönliche Verstrickungen von Polizeibeamten in den Fall, welche Vertuschungsversuche, welchen erschütternden Skandal? Und ob man als Bürger und Steuerzahler denn überhaupt noch solch einer Polizei die Sicherheit und Ordnung im Staat mit gutem Gewissen anvertrauen könne? Es war zum Kotzen. Wagner hätte am liebsten auf die Zeitung gespieen, als er das las. Jedoch es ging noch ein Stück tiefer: Jetzt knallten sie die absolute Trumpfkarte auf den Tisch. Die Angstkarte.

Sie gingen nach der bewährten Methode von Zeitungsschreibern vor, die überhaupt nicht das Geringste über konkrete Fakten zu berichten haben, aber trotzdem so tun wollen, als wären sie einem sensationellen Kriminalfall auf der Spur – sie plünderten einfach die Archive des Schreckens und listeten fein säuberlich alle so genannten Jahrhundertverbrechen auf, die von perversen Tätern an jungen Frauen und Kindern begangen worden waren. Das ganze

Bestiarium von Marc Dutroux bis Josef Fritzl, einen Katalog der Grausamkeiten, in dem nichts ausgelassen wurde, keine Kindesentführung und kein schalldichtes Kellerverlies, keine Serienvergewaltigung, keine Folter, kein jahrelanger Inzest, kein Mord. Die Zeitungsseiten waren geradezu getränkt mit dem Angstschweiß der Opfer, mit Tränen, Blut und Sperma. Gewürzt mit der durchschnittlichen Dunkelziffer von jährlichen Missbrauchsfällen und der Zahl der nicht aufgeklärten Sexualdelikte und spurlos verschwundenen Jugendlichen.

Doch dann, wohl um ganz sicher zu gehen, bei Tausenden von Lesern die Angst zu schüren, auch in ihrer unmittelbaren Umgebung könnten hinter jeder Ecke die Vergewaltiger, Kinderschänder und Mädchenmörder lauern, setzten die Panikjournalisten noch eins drauf: den Fall Karl M., der vor über fünfzehn Jahren als „Frankenstein vom Gartenweg“ für Aufregung in der Stadt gesorgt hatte.

Dass sich damals alle Anschuldigungen gegen den Mann als reine Hirngespinste erwiesen hatten, die der überdrehten Phantasie von Kindern entsprungen waren, wurde natürlich geflissentlich verschwiegen. Man brachte zwar keinerlei Details, aber allein dadurch, dass man diese alte Geschichte mit ein paar vagen Andeutungen aus der Versenkung zerrte, weckte man den Verdacht, die beiden vermissten Mädchen könnten Opfer einer Sexbestie geworden sein.

Wagner war empört. Er hatte damals in der Sache Karl M. selbst die Ermittlungen durchgeführt und kannte die Wahrheit. Und was er da jetzt in der Zeitung lesen musste, war Verleumdungsjournalismus der übelsten Sorte. Ein bisschen Hexenjagd gefällig? Aber gern, wenn's zum allgemeinen Horrortainment beiträgt. Genau genommen war das ein Fall für den Staatsanwalt. Doch auch eine Verurteilung und eine offizielle Gegendarstellung würden nichts mehr nützen. War ein Gerücht erst einmal in die Welt gesetzt, war es durch nichts mehr aufzuhalten.

In der Dienststelle ist jetzt vermutlich der Teufel los, dachte Wagner. Bestimmt läuten seit in der Früh ununterbrochen die Telefone, und ständig sind Leute dran, die angeblich irgendwas Verdächtiges gesehen oder gehört haben. Und wie üblich würde an keinem dieser Hinweise was dran sein. Die Kollegen taten ihm Leid. Nur gut, dass sie geschult darin waren, sich von der Hysterie nicht aus der Ruhe bringen zu lassen. Sie waren ein starkes, gut eingespieltes Team, und besonders Cerny, der Dienststellenleiter, hatte sich schon mehr als einmal in Krisensituationen als ruhender Pol bewiesen. Trotzdem waren jetzt gute Nerven gefragt, bis sich die Aufregung wieder legen würde.

Einen Augenblick dachte Wagner daran, seinen Urlaub abzubrechen und in die Polizeiinspektion zu fahren. Aber nein, das war die Sache nicht wert. Die Kollegen wussten schon, was zu tun war. Die Fahndung nach den Mädchen würde weiterlaufen wie geplant. Und wenn seine Hilfe nötig gewesen wäre, hätte man ihn schon längst angerufen. Er hatte wirklich keinen Grund, sich auch noch von diesem schwachsinnigen Zeitungsartikel verrückt machen zu lassen.

Wagner nahm die Zeitung und zerriss sie sorgfältig in kleine, rechteckige Stücke. So, wie es auch seine Mutter immer mit alten Zeitungen gemacht hatte, als er ein kleines Kind gewesen war. Früher, als man Zeitungspapier noch als Klopapier benutzt hatte. Das Einzige, wozu diese Zeitung gut ist, dachte er, wirklich das Einzige. Als er das letzte Blatt vom Boden aufhob, um es zu zerreißen, fand er darunter das fehlende Stückchen seiner Kaffeetasse und legte es auf den Tisch zu den anderen traurigen Scherben.

Dann trug Wagner den kleinen Packen Zeitungspapier auf die Toilette, warf ihn Blatt für Blatt in die Muschel, drückte die Spülung und schaute zu, wie die Papierfetzen durch den Abfluss verschwanden.

Er blickte auf seine Armbanduhr. Schon bald elf. Fast der halbe Tag vergeudet.

Er griff nach seinem Handy, um es einzustecken, überlegte einen Augenblick und legte das Handy wieder zurück auf den Tisch. Er hatte einen Entschluss gefasst: Für die nächsten Tage wollte er sich wirklich ausklinken. Kein Handy, keine Zeitung, kein Alltagsmist. Er hatte Wichtigeres vor.
Wagner atmete tief durch und machte sich endlich auf den Weg zum Haus seiner Mutter.

Der Samstag war grau, der Sonntag war rot, und alle anderen Tage waren schwarz. Aber heute, was war heute? War heute rot, oder hatte sie vergessen, das Blatt vom Kalender abzureißen? Dann war heute schwarz. Aber wenn sie schon gestern darauf vergessen hatte, oder vorgestern, dann war heute rot. Schwarz oder rot, für Maria Wagner war das jetzt wichtig. Sie musste das wissen, unbedingt musste sie das wissen. Denn wenn heute rot war, dann würde ihr Sohn erst morgen kommen, und sie hätte noch einen Tag Zeit, um sich auf seinen Besuch vorzubereiten. Doch wenn heute schon schwarz war, dann könnte er jeden Moment bei ihr auftauchen und sie zur Begrüßung umarmen, und dann würde er sofort bemerken, dass sie sich noch nicht gewaschen hatte und immer noch in ihrem Nachthemd herumlief und der alten, grauen Strickweste ihres Mannes, die ihr viel zu groß war und die ihr Sohn so abscheulich fand. Und dann müsste sie wieder seine besorgten Blicke ertragen, diese Blicke eines Sohnes, der seine Mutter für nicht mehr ganz richtig im Kopf hält und denkt, sie würde ohne Hilfe im Leben nicht mehr zurecht kommen. Als wäre es nicht ihr gutes Recht, in ihrem Alter nachlässiger mit sich zu sein. Aber diese Blicke verhießen nichts Gutes, sie machten ihr Angst. Und deshalb musste sie jetzt unbedingt wissen, ob heute rot war oder schwarz.
Vielleicht wäre es doch am besten, so zu tun, als sei heute schwarz. Sie würde sich jetzt ganz schnell waschen und frisieren und dann das dunkelblaue Kostüm und die hellblaue Bluse anziehen und 4711 auf Hals und Wangen sprühen, das gute Kölnischwasser, das ihr noch ihr Mann geschenkt hatte. So würde

sie auf ihren Sohn warten. Und wenn heute doch rot war, dann würde sie eben morgen die ganze Prozedur wiederholen. Hauptsache, ihr Sohn würde nichts davon mitbekommen, dass sie nicht wusste, welcher Tag heute war, und dass ihr Gedächtnis sie immer öfter im Stich ließ. Und seine Lieblingstorte würde sie ihm backen, die Schokoladetorte mit der Nusscreme, die er sich schon als Kind immer gewünscht hatte. Oder war es die Apfeltorte gewesen? Dann eben eine Apfeltorte mit viel Zimt und Rosinen. Die Äpfel im Garten mussten ohnehin schon reif sein, genauso wie die Kirschen, also könnte sie auch noch einen Kirschkuchen machen. Im ganzen Haus würde es duften wie früher, als es jeden Sonntagnachmittag selbstgebackenen Kuchen zum Kaffee gegeben hatte, und ihr Sohn würde endlich davon überzeugt sein, dass sie immer noch alles ganz allein schaffte und keine Hilfe brauchte. Endlich würde er das begreifen und damit aufhören, ihr irgendwelche Altenpflegerinnen ins Haus zu schicken oder Prospekte von Seniorenheimen mitzubringen.
Sie war jetzt sechsundachtzig und hatte nur noch einen einzigen Wunsch: Sie wollte in ihrem Haus sterben. Vielleicht waren ihr noch ein, zwei Jahre vergönnt, doch sie hatte keine Angst vor dem Tod. Angst hatte sie nur davor, eines Tages ihr Leben an einem Ort beenden zu müssen, der ihr fremd wäre. Abgeschoben, ausgestoßen, verbannt aus dem Haus, das für sie in mehr als sechzig Jahren beinahe so etwas wie eine zweite Haut geworden war. Dem Haus, das ihr Mann und sie miteinander gebaut hatten, mit ihren eigenen Händen, Ziegel für Ziegel, Holzbalken für Holzbalken. Dem Haus, in dem ihre Kinder aufgewachsen waren. Dem Haus, in dem sie immer noch alle lebten, obwohl sie längst fortgegangen waren, zuerst Julia, später Klaus und zuletzt Ludwig, ihr Mann.
Sie musste doch nur durchs Haus gehen, dann sah sie, dass alle noch da waren. All ihre Sachen waren ja auch noch hier. Ludwigs Anzüge und Hemden und Krawatten im Kleiderschrank, seine

Pullover und Unterwäsche und Socken in der Kommode, und im Hausflur standen seine Schuhe. Und dann die zwei kleinen Zimmer unterm Dach. Im blauen Zimmer Julias Puppen auf dem Bett, ihre heiß geliebten Pferdebilder an der Wand, ihre Schulsachen und Buntstifte auf dem Tisch, und ihre Spielsachen und Bücher und Kleider und das rote Transistorradio, das sie zum siebten Geburtstag bekommen hatte. Alles war da, genauso wie der Kofferplattenspieler im Zimmer von Klaus, und das Flugzeugmodell, das er selber gebastelt hatte, und an der Tür das Poster mit diesen vier langhaarigen Schlagersängern, und die Bücher über die Mondlandung und die Fahrradpumpe und der Fußball. Ja, alles war an seinem Platz, alles war bereit und wartete nur darauf, benützt zu werden. Ludwig brauchte nur den Kleiderschrank zu öffnen, wenn er sich heute nach dem Dienst frische Sachen anziehen wollte. Klaus konnte nach der Schule wieder stundenlang seine Platten spielen, und Julia konnte ihre Pferde malen, oder vielleicht waren heute Schmetterlinge dran oder Katzen. Wichtig war nur, dass sie alle zuhause waren, da, wo sie hingehörten, nur sie und sonst niemand, in dem Haus, in dem fremde Menschen nichts zu suchen hatten, weil es ihr Haus war, ganz allein ihr Haus.

Jetzt wartete sie schon seit Stunden, aber ihr Sohn war noch immer nicht hier. Rot. Vielleicht war heute doch rot. Oder sie hatte ihn nicht kommen gehört, und er war heimlich in sein Zimmer geschlichen, ohne sie zu begrüßen. Obwohl er ganz genau wusste, dass sie das nicht mochte. Es gehörte sich einfach nicht für ein gut erzogenes Kind. Aber er hatte sich überhaupt völlig verändert, richtiggehend fremd war er ihr geworden, so wenig hatte er mit ihrem Klaus gemeinsam. Besonders in letzter Zeit war er regelrecht unangenehm geworden. Bei jedem Besuch hatte er nichts anderes getan, als ihr Fragen zu stellen. Ob sie mit ihrem Geld auskomme, ob sie sich anständig zu essen koche, ob sie sich denn nicht einsam fühle, so ganz allein im Haus. Und dann hatte er wissen wollen, ob das Hausdach in Ordnung sei, ob noch eine Hypothek abzubezahlen sei, wie hoch die monatlichen Belastungen seien, ob er den Bauplan sehen können, lauter Dinge, die ihn nichts angingen und ihr nur bewiesen, dass ihr Sohn vorhatte, sie in ein Altenheim abzuschieben, um an das Haus zu kommen.

Natürlich hatte er noch nie ausdrücklich davon gesprochen, aber sie war doch nicht dumm. Sie spürte genau, worauf das alles hinauslief, und sie wusste, was ihr dann drohte: Qualvolle Tage und Nächte in einem trostlosen Zimmer. Unfähige, sadistische Pflegerinnen, denen sie hilflos ausgeliefert wäre, und die sie schlagen und ans Bett fesseln würden. Mahlzeiten in Gesellschaft verblödeter, zahnloser Kranker, die nach Urin stinken und sich mit Suppe bekleckern würden. Und so müsste sie dahinvegetieren, bis man ihr eines Nachts eine Injektion verpassen würde, und ihr Tod würde schmerzhaft sein, einsam und trostlos.

Nein, sie durfte ihrem Sohn einfach keinen Grund geben, sie ins Altenheim zu bringen. Sie war nicht hilflos, sie war kein Pflegefall. Da konnte er ihr noch so viele Altenpflegerinnen ins Haus schicken, um sich von ihnen bestätigen zu lassen, dass sie hinfällig sei und verwirrt und pflegebedürftig. Was immer sie mit ihr anstellen würden, nein, sie würde sich keine Blöße geben. Unverrichteter Dinge würden sie wieder abziehen müssen, diese bösartigen Weiber.

Sie war stark, sie war selbständig und, ja, sie war glücklich. Sie hatte alles, was sie brauchte. Sie hatte ihren Mann, sie hatte ihre Kinder und sie hatte ihr Haus. Und jetzt würde sie ihr gelbes Sommerkleid anziehen, und Ludwig würde sie und Julia und Klaus in die Konditorei einladen, und Ludwig und sie würden Torte essen und die Kinder Eis. Wie immer am Sonntagnachmittag. Denn heute war doch Sonntag, heute war doch rot.

Oder etwa nicht?

Die Sonne schien von einem wolkenlosen Himmel, und die Luft war erfüllt vom Duft der Blumen in den Gärten und dem Gesang der Amseln, als Wagner auf seinem Fahrrad zum Haus seiner Mutter fuhr. Es war der erste richtige Sommertag in diesem Jahr, aber Wagners Stimmung wurde trotzdem nicht besser. Er trat lustlos in die Pedale, und mit jedem Kilometer fühlte er sich schlechter. Der Grund dafür war klar: Er hatte heute seinen Koffeinkick noch nicht bekommen.

Mit dem Rauchen hatte er vor ein paar Wochen aufgehört, doch von seiner Dosis Koffein war er abhängig. Und zwar mehrmals täglich. Er war ein Koffeinjunkie, und er stand dazu. All die Kaffeevariationen konnten ihm allerdings gestohlen bleiben. Er brauchte keine Melange, keinen Einspänner, keinen Cappuccino, keinen Caffè Latte und was es sonst noch so gab. Stark, schwarz und mit viel Zucker – nur so trank er ihn, so und nicht anders. Alles andere war für ihn kein richtiger Kaffee. Und ein Viertelliter musste es sein, kein lächerliches Espressotässchen.

Zu dieser Tageszeit hätte er normalerweise bereits die zweite oder sogar dritte Tasse getrunken, und nun war er noch nicht einmal zu seinem Frühstückskaffee gekommen. Diese verfluchte Zeitung hatte ihn völlig aus dem Konzept gebracht. Wagner blieb stehen und überlegte. Wo könnte er in dieser Gegend einen vernünftigen Kaffee kriegen? Seine Mutter hatte nur dieses koffeinfreie Zeug zuhause, das so wirkungslos war wie der Feigenkaffee, den er schon als Kind nicht gemocht hatte. In seiner Dienststelle war der Kaffee okay, dafür hatte er schon vor Jahren gesorgt, aber

dorthin wollte er nicht fahren. Nicht an einem Urlaubstag. Beim Chinesen war der Kaffee ungenießbar, und die Konditorei hatte schon vor über einem Jahr zugesperrt. Blieb nur der Lindenwirt, der alte Gasthof neben dem Baumarkt.
Als Wagners Eltern hier draußen ihr Haus gebaut hatten, war der Lindenwirt noch ein idyllisch gelegenes Ausflugslokal am Stadtrand gewesen. Doch von dieser Idylle war nicht viel übrig geblieben. Immer mehr Leute hatte es ins Grüne gezogen, ein Einfamilienhaus nach dem anderen war in die Landschaft gesetzt worden, und im Laufe der Zeit hatte sich das einst ländliche Gebiet in einen dicht besiedelten Wohnbezirk am Stadtrand verwandelt, mit Reihenhausanlagen, zwei Schulen und einem Einkaufszentrum. Wagners Elternhaus stand nun an einer Straße, an der sich ein Villengrundstück ans nächste reihte, eingezäunt und mit hohen Ligusterhecken als Sichtschutz. Grundstücke, die jetzt ein Vermögen wert waren.
Alles hatte sich verändert, nur der Lindenwirt sah immer noch so aus wie vor hundert Jahren. Ein Landgasthof mit einem schattigen Gastgarten hinter dem Haus, zwei großen Gasträumen mit dunklen Holzdecken und mit einer Schankstube, in der es nach kaltem Zigarettenrauch, Bier und Gulasch roch.

Der Lindenwirt. Drei Jahre hatte Wagner ihn nicht betreten, hatte einen großen Bogen um ihn gemacht, um Christina nicht zu begegnen, die hier als Kellnerin arbeitete. Drei Jahre lang, seit sich Christina von ihm getrennt hatte. Sie nicht zu sehen, war für ihn die einzige Möglichkeit gewesen, seinen Verlust halbwegs zu verkraften und mit seiner Enttäuschung einigermaßen fertig zu werden. Auch jetzt zögerte er, blieb lange vorm Eingang stehen und überlegte, ob es wirklich eine gute Idee sei, hineinzugehen, oder ob er damit möglicherweise nur kaum verheilte Wunden wieder aufreißen würde. Aber vielleicht hatte Christina heute ohnehin ihren freien Tag? Und als Wagner schließlich die Schankstube betrat, hatte er weiche Knie und das Herz schlug ihm bis zum Hals.

Er war der einzige Gast. Trotzdem setzte er sich an den Tisch in der hintersten, dunkelsten Ecke und wartete. Nach zehn Minuten tauchte Alfred, der Wirt, hinter der Schank auf, rief: „Oh, der Herr Inspektor! Lange nicht gesehen! Moment bitte, Christina kommt gleich!“ und verschwand wieder. Jetzt hätte Wagner noch gehen können. Irgendeine Entschuldigung murmeln und abhauen. Aber er blieb sitzen, und seine Hände waren plötzlich ganz kalt, seine Zunge war aus Watte, und in seinem Kopf hämmerte es. Chris, Chris, Chris.

Eine Zigarette. Jetzt wenigstens eine Zigarette.

Chris, Chris, Chris.

„Hallo, Klaus. Das ist aber eine Überraschung.“

Ihre Stimme wie früher. Ihr Gesicht wie früher. Ihr Lächeln wie früher.

„Hallo, Chris.“

„Gibt’s dich also noch.“

Wagner merkte, dass ihm auf einmal der Schweiß ausbrach.

„Geht’s dir gut, Chris?“

„Geht so. Und dir?“

„Auch. Geht so. Wenig los bei euch. Keine Gäste?“

„Um die Zeit nie. Ein paar Stammgäste zu Mittag. Abends ist mehr los.“

„Aha. Und sonst?“

„Was – und sonst?“

„Ich meine, was läuft sonst so?“

„Was soll schon laufen? Und bei dir?“

„Wie immer. Das Übliche. Was ein Polizist halt so macht.“

Ihr Lächeln verschwand. Christina neigte den Kopf zur Seite und musterte Wagner.

„Bist du dienstlich hier?“

„Schau ich so aus?“

„Ich frag ja nur. Weil du dich sonst nie blicken lässt."
Wagner griff nach einem Bierdeckel und faltete ihn langsam zusammen, bis er in zwei Teile zerbrach.
„Tja."
„Und? Bist du?"
„Was?"
„Dienstlich hier."
„Ach so. Nein. Hab Urlaub."
„Urlaub? Dann ist ja gut."
Christina holte eine Packung Marlboro und ein Feuerzeug aus der Tasche ihrer Kellnerinnenschürze und zündete sich eine Zigarette an.
„Auch eine?"
„Gern. Eigentlich hab ich ja aufgehört."
„So? Seit wann?"
„Paar Wochen."
„Das kenn ich. Hab's auch schon ein paar Mal probiert."
Wagner zog an seiner Zigarette und sog den Rauch tief in seine Lunge. Dann versuchte er ein Lächeln und blickte Christina an.
„Könnt ich einen Kaffee haben?"
„Einen Kaffee? Klar. Entschuldige, ich hätte auch gleich fragen können."
Christina ging hinter die Schank und begann an der Kaffeemaschine zu hantieren.
Das darf doch nicht wahr sein, dachte Wagner. Was für ein sinnloses Gerede. Nur Banalitäten. Hatten sie sich wirklich sonst nichts mehr zu sagen? Was soll's. Vorbei ist vorbei, er sollte das endlich akzeptieren. Er sog noch einmal an seiner Zigarette, dann stieß er sie in den Aschenbecher und quetschte die Glut ab, als müsste er sie erwürgen. Und wie zur Bekräftigung kam ein wütendes Zischen aus der Kaffeemaschine.
Wagner lehnte sich zurück, verschränkte die Arme und machte die Augen zu. Denk nach, sagte er zu sich. Schalt bitte endlich

wieder dein Hirn ein und denk nach. Was bist du denn? Ein bald Sechzigjähriger, der immer noch Zustände bekommt, wenn er seine um vierundzwanzig Jahre jüngere Exfreundin sieht, die gute Gründe gehabt hat, sich nach drei Jahren von dir zu trennen. Sie wollte Kinder, du wolltest keine, und jetzt lebt sie wahrscheinlich mit einem anderen Mann zusammen, ist vielleicht sogar verheiratet, hat Kinder, ist glücklich, und es geht dich überhaupt nichts an, nicht das Allergeringste geht dich das an. Schluss. Aus. Fertig. Basta. Trink deinen Kaffee, und dann mach, dass du weiterkommst! Christina ist für dich Vergangenheit, kapiert? Okay? Ja, okay. Wenn sie bloß nicht noch immer so verdammt hübsch wäre. Ein bisschen schmäler im Gesicht vielleicht, und die Haare trägt sie kürzer – aber sonst, alles wie früher. Scheiße, das hast du wieder nötig gehabt, dass du heute da hergekommen bist ...

„Klaus? Schläfst du? Kaffee ist fertig."

Wagner öffnete die Augen. Christina stellte lächelnd eine riesige Tasse Kaffee und die Zuckerdose auf den Tisch.

„Bitteschön. Stark, schwarz und mit viel Zucker."

Jetzt war Wagner völlig fassungslos.

„Das weißt du noch?"

„Klar weiß ich das. Was hast du denn gedacht?"

Wagner sah Christina ungläubig an.

„Ich hab nur gedacht, weil ... ausgerechnet heute ..."

„Ja?"

„ ... ausgerechnet heute ist sie kaputt gegangen."

„Was? Was ist kaputt gegangen?"

„Die Tasse."

„Die Tasse?"

„Ja."

„Welche Tasse?"

„Die rote. Du weißt schon."

„Mein Gott, die! Die hast du noch immer?"

„War meine Lieblingstasse."

„Ehrlich?"
Wagner zuckte hilflos mit den Schultern und machte ein Gesicht, als würde er gleich losheulen.
„Tja."
„Ach, Klaus."
Christina setzte sich an den Tisch und legte ihre Hand einen Augenblick lang auf Wagners Hand, als wollte sie ihn trösten. Dann zündete sie sich die nächste Zigarette an und starrte auf den Aschenbecher.
„Alles geht kaputt, Klaus. Alles."
Und während Wagner löffelweise Zucker in seinen Kaffee schaufelte und umrührte und einen Schluck nahm und noch zwei Löffel Zucker nachlegte und umrührte und trank und weiter umrührte und seinen Blick wie gebannt auf die tiefschwarze, schimmernde Flüssigkeit fixiert hielt und auf die sanft kreisenden Wellen und Luftbläschen, die durch die Bewegung des Kaffeelöffels entstanden, hörte Wagner Christinas Geschichte ihrer Verluste. Hörte von Robert, in den sie sich verliebt hatte und mit dem sie zusammengezogen war. Hörte von ihrer Schwangerschaft und wie sehr sie sich auf das Kind gefreut hatten, und dass sogar schon der Hochzeitstermin festgelegt worden war. Hörte von Christinas Sturz über die Treppe, als sie im dritten Monat gewesen war. Hörte von ihrer Fehlgeburt und ihrem Schock und ihrer Depression, in die sie gefallen war, und von den Vorwürfen, die ihr Robert ständig gemacht hatte. Hörte von ihrem Streit und ihrer Trennung, und dass sie seither allein lebte, in einer kleinen Wohnung am anderen Ende der Stadt, seit fast zwei Jahren schon, und dass sie alles andere als glücklich war, wirklich alles andere als glücklich.
Als Wagner das alles hörte, tat ihm Christina Leid. Aber gleichzeitig dachte er, dass dies die beste Nachricht des heutigen Tages sei, sogar die beste seit langem, eine bessere könnte er sich gar nicht wünschen.

Trotzdem wollte er Christina sein Mitgefühl zeigen. Wollte ihr beweisen, dass er sie verstand. Dass sie nicht allein war mit ihren schmerzhaften Erfahrungen, weil es auch in seinem Leben schlimme Dinge gab, mit denen er fertig werden musste. Ereignisse, die dramatischer waren, als eine zu Bruch gegangene Kaffeetasse, und die ihm mehr wehtaten. Aber er wusste nicht, was er sagen sollte, hielt den Kopf gesenkt, rührte in seinem Kaffee und schwieg.

Und auch Christina schwieg und zog mit der Spitze ihrer Zigarette kleine, verschlungene Gräben in die graue Asche im Aschenbecher. Dann richtete sie sich plötzlich auf und sagte: „Entschuldige, ich wollt dich nicht vollquatschen."

Wagner blickte Christina an und legte endlich den Kaffeelöffel neben die Tasse.

„Ist schon okay. Ich versteh dich."

„Wirklich?"

„Klar."

„Nein. Das kann niemand verstehen. Niemand, der noch nicht den Tod eines geliebten Menschen erlebt hat."

„Doch." Wagner kam der rettende Gedanke. „Doch, ich versteh das. Mein Vater ist vor kurzem gestorben."

Vor kurzem – das war natürlich gelogen. Aber es machte die Sache dramatischer.

Christina zog weiter Spuren in die Asche.

„Dein Vater?"

„Ja, mein Vater."

„Entschuldige, das hab ich nicht gewusst."

„Woher auch."

„Und deine Mutter? Die lebt noch?"

„Ja. Falls man dazu noch leben sagen kann."

Christina sah ihn fragend an. Wagner grinste verlegen und stand auf.

„'tschuldigung, ich muss mal."

Als er zurückkam, stand eine frische Tasse Kaffee auf dem Tisch. „Der andere war ja schon ganz kalt. Zu Tode gerührt. Also, was ist jetzt mit deiner Mutter? Übrigens, Zucker ist schon drin." Wagner nahm einen großen Schluck und noch einen. Dann stützte er sich mit den Ellbogen auf den Tisch, hielt die Tasse mit beiden Händen unter die Nase und sog den Kaffeeduft ein.
„Meine Mutter ... interessiert dich das wirklich?"
„Erzähl schon."
„Ich weiß auch nicht – aber seit Vater tot ist, wird sie immer sonderbarer. Lebt nur mehr in der Vergangenheit. Das ganze Haus ist ein einziges Museum."
„Ist doch normal für eine alte Frau."
„Schon. Aber nicht, wenn's so extrem ist. Alle Zimmer sind vollgeräumt mit Sachen von früher. Wenn ich etwas wegwerfen will, spielt sie verrückt. Neuerdings hat sie sogar alle Türen zugesperrt und gibt die Schlüssel nicht her. Aber sonst lässt sie alles verkommen. Du solltest einmal den Garten sehn. Der reinste Urwald. Aber ich darf nichts anrühren. Wenn ich einen Ast abschneiden will, muss ich das heimlich machen, während sie ihren Nachmittagsschlaf hält, damit sie's nur ja nicht merkt. Dabei war der Garten einmal wirklich schön."
„Ich erinner' mich. Du hast mir das Haus einmal gezeigt. Dein Vater hat gerade die Wiese gemäht und deine Mutter hat im Garten Wäsche aufgehängt. War irgendwie idyllisch. Fast romantisch. Aber vorgestellt hast du mich deinen Eltern ja nie."
Wagner nahm einen Schluck Kaffee und sah Christina verlegen an.
„Die wären ausgeflippt. Ihr Sohn mit so einer jungen Freundin. Das hätten die nie verstanden."
„Alles klar. Aber was hast du jetzt vor? Wär' ein Altenheim nicht das Beste für deine Mutter? Oder wenigstens eine Pflegerin oder so?"
„Keine Chance. Davon will sie nichts wissen. Einmal hab ich's

mit einer Altenhelferin versucht, aber die hat schon nach einem Tag das Handtuch geworfen. Mutter hat sie beschuldigt, sie wäre nur ins Haus gekommen, um sie zu bestehlen."

„Und? Hat sie?"

„Natürlich nicht. Meine Mutter hat sich da in irgendwas hineingesteigert. Sie wird überhaupt immer misstrauischer gegenüber Fremden. Lässt niemand an sich heran. Aber was soll ich machen? Ich kann sie ja nicht zwingen. Will ich auch gar nicht. Jetzt kümmere halt ich mich um sie, so gut es geht. Aber in letzter Zeit hab ich das Gefühl, dass sie sogar mich nicht mehr erkennt. Dann schaut sie mich an, als würde sie Angst vor mir haben. Und manchmal hält sie mich für meinen Vater. Und dauernd rennt sie wo dagegen. Seit ein paar Tagen hat sie einen riesigen Bluterguss auf der Stirn, aber sie weiß nicht mehr, wo sie ihn sich geholt hat. Das ist doch nicht normal, oder?"

„Scheiße."

„Du sagst es."

Wagner trank seinen Kaffee aus und stellte die Tasse ab. Die Tür wurde geöffnet, Leute kamen herein, grüßten und gingen weiter in den anschließenden Gastraum. Christina stand auf.

„Ich muss jetzt leider. Unsere Mittagsgäste sind da."

„Klar. Ich muss auch weiter. Hab Mutter versprochen, dass ich heute zu ihr komme. Will versuchen, dass ich doch irgendwas am Haus machen kann, bevor es zusammenfällt."

„Na, so schlimm wird's wohl nicht sein."

„Nein, aber irgendwann muss ich ja damit anfangen. Ist mein Urlaubsprogramm. Wär' ja schade um das Haus."

„Willst du dort einziehen?"

„Möglich. Aber nicht, solange Mutter lebt. Später vielleicht."

„Tja, wär' sicher schön."

„Mal sehn."

Wagner stand auf und deutet auf die leere Kaffeetasse.

„Was bekommst du?"

„Lass nur. Geht aufs Haus."
Wagner machte eine leichte Verbeugung.
„Danke. War schön, dass ich dich wiedergesehn hab."
„Ja. Find' ich auch."
„Pass auf dich auf."
„Du auch. Und komm doch einmal wieder auf einen Kaffee vorbei."
„Mach ich vielleicht. Also dann."
„Also dann."

Chris, Chris, Chris. Wagner war wie benommen, als er wieder auf sein Fahrrad stieg. Vielleicht war der Tag doch kein so beschissener Tag, wie er begonnen hatte. Vielleicht war er sogar ein richtig guter Tag, der nur vorführen wollte, welche Umwege das Glück nimmt. Ohne den Wutanfall über die Zeitung hätte Wagner nie seine Kaffeetasse zerschlagen, wäre nie auf die Idee gekommen, in den Lindenwirt zu gehen, und hätte Christina nie wieder gesehen. Verrückt, einfach verrückt. Wer weiß, welche Überraschungen der Tag noch bereithielt.
Wagner fühlte sich leicht. So eine Leichtigkeit hatte er schon lang nicht mehr in sich gespürt. Und deshalb machte es ihm auch kaum etwas aus, dass seine Mutter in einem grässlichen geblümten Sommerkleidchen aus den Fünfzigerjahren in der Küche saß und ihm zur Begrüßung ihre mit knallrotem Lippenstift beschmierten Lippen auf die Wange drückte. Ja, er fand es sogar fast zum Lachen, als sie ihn mit strahlenden Augen ansah und fragte, ob er sie und die Kinder jetzt in die Konditorei einladen würde, auf eine Torte und ein Eis, denn schließlich sei doch Sonntag, und Julia und Klaus würden sich doch schon den ganzen Tag darauf freuen. Und auch, dass sie ins Schlafzimmer ging, um noch ihre Handtasche zu holen, und dann nicht mehr zurückkam, sondern friedlich schlafend auf dem Bett lag, als er nach zehn Minuten nach ihr sah, fand er einfach nur komisch. Offensicht-

lich ging es seiner Mutter gut, also, was soll's, ihm ging es ja auch gut.
Jetzt konnte er wenigstens ungestört im Garten arbeiten. Er holte einen Spaten aus der Hütte hinter dem Haus, zog sein Hemd aus und machte sich daran, einen halb abgestorbenen Holunderstrauch auszugraben. Mit irgendwas musste er ja anfangen. Er hatte sich das leichter vorgestellt. Der Boden war hart, die Wurzeln waren zäh und reichten tief ins Erdreich, und er war diese Arbeit nicht gewohnt. Wenn er den Spaten in den Boden stieß, prallte die Spatenspitze immer wieder mit einem gellenden Geräusch an einem der großen Steine ab, die knapp unter der Oberfläche verborgen lagen. Dann blieb Wagner nichts anders übrig, als sich hinzuknien, mit bloßen Händen tief in die Erde zu wühlen und so den Stein herauszuholen. Eine mühsame, dreckige Arbeit. Eine Kräfte zehrende Plackerei, die kein Ende zu nehmen schien. Nach zwei Stunden gab er auf, schweißüberströmt und mit Blasen an den Händen. Egal, morgen war auch noch ein Tag. Im Laufe der Zeit würde er es schon schaffen.
Er wusch sich in der Küche, trank gierig ein paar Gläser Wasser und zog sich wieder an. Seine Mutter schlief noch immer. Wagner öffnete den Kühlschrank. Gut, von den Gemüse- und Fischpackungen, die er letzte Woche gebracht hatte, war nur mehr die Hälfte da. Seine Mutter vergaß also wenigstens nicht darauf, sich etwas zu essen zu machen.
Jetzt wäre eine gute Gelegenheit, im Haus nach dem Rechten zu sehn, dachte Wagner. Vergeblich. Nach wie vor waren alle Türen zugesperrt. Da würde er sich in den nächsten Tagen etwas einfallen lassen müssen. Sonderbar, gestern hätte er sich noch darüber geärgert, aber jetzt nahm er auch dieses Problem irgendwie leicht. Er musste lachen und wunderte sich über sich selber.
Chris, Chris, Chris.
Als er das Haus leise verließ, nahm er sich vor, morgen zuerst einmal die beiden kaputten Schlösser an der Haustür und am Gar-

tentor auszuwechseln. Dass man sie nicht absperren konnte, war ein ganz und gar untragbarer Zustand! Geradezu eine Einladung an Einbrecher! Obwohl es ohnehin nichts zu holen gab, und wenn jemand das ganze Gerümpel aus dem Haus räumen würde, müsste er ihm fast dankbar dafür sein, dachte Wagner.

Auf dem Heimweg fuhr er wieder beim Lindenwirt vorbei. Einen Augenblick dachte er daran, hineinzugehen und Christina noch einmal Hallo zu sagen, aber dann ließ er es doch bleiben. Nur nichts überstürzen, er war schließlich kein dummer Siebzehnjähriger mehr.

Zuhause kramte er im Küchenschrank nach einer anderen Kaffeetasse, machte sich frischen Kaffee, richtete sich ein paar Wurstbrote, und dann machte er sich daran, die Scherben seiner geliebten roten Kaffeetasse wieder zusammenzukleben. Eine mühsame Angelegenheit, und das Ergebnis war armselig. Ein kleines Stück fehlte noch immer, und überhaupt konnte er die Tasse sicher nie mehr verwenden.

Schweren Herzens warf er sie in den Müllsack, fuhr mit dem Lift hinunter und warf den Sack in den Müllcontainer. Dann fuhr er wieder hinauf in seine Wohnung, ging unter die Dusche und legte sich ins Bett.

Erst jetzt merkte er, wie weh ihm sein Rücken und seine Arme und Hände taten. Nur wegen der paar Stunden Arbeit im Garten. Vater hätte ihn ausgelacht. Der hatte ja noch mit siebenundachtzig herumgewerkelt und war schließlich an einem Samstagnachmittag über seinem geliebten Rasenmäher tot zusammengebrochen. Ob Christina auch über ihn lachen würde?

Nein, Christina sicher nicht.

Chris, Chris, Chris.

Verrückt, einfach verrückt. Es war doch nicht sein schmerzender Rücken, der ihn nicht einschlafen ließ! Wagner sprang aus seinem Bett, lief im Pyjama aus der Wohnung, fuhr wieder mit dem Lift

hinunter, rannte zum Müllcontainer, wühlte nach seinem Müllsack, holte die Tasse heraus und brachte sie vorsichtig zurück in seine Wohnung. Dann reinigte er die Tasse in der Küche, trug sie vorsichtig in sein Schlafzimmer und stellte sie behutsam, als wäre sie eine wertvolle, alte chinesische Vase oder eine kostbare Reliquie, auf den Schrank gegenüber seinem Bett.
Verrückt, einfach verrückt.
Er sah die Tasse lange an.
Dann machte er das Licht aus.
Und jetzt konnte er endlich einschlafen.
Chris, Chris, Chris.

Liebes Tagebuch! Ich heiße Bettina und du bist ein Geburtstagsgeschenk von meiner Oma. Ich bin heute neun Jahre alt geworden aber ich bin voll traurig weil Mamma und Papa nicht da sind und deshalb war es kein richtiges Geburtstagsfest. Mamma hat versprochen dass wir nächste Woche ganz toll feiern wenn sie wieder zurück sind aber heute wäre viel schöner gewesen. Mamma und Papa sind überhaupt fast nie da weil sie so viel arbeiten und immer wegfahren müssen. Meine Freundinnen sind auch nicht da. Sie heißen Sandra und Daniela und ich habe sie schon ganz lang nicht mehr gesehen. Früher haben wir uns jeden Nachmittag getroffen aber plötzlich sind sie nicht mehr gekommen. Ich bin ein paar Tage krank gewesen und habe nicht zu unserem Treffpunkt kommen können. Hoffentlich sind sie nicht böse auf mich deswegen, weil sie sind echt super Freundinnen obwohl sie viel älter sind als ich. Sonst habe ich keine Freundinnen, auch nicht in der Schule wo mich alle immer nur ausspotten wegen dem roten Fleck auf meiner Wange. Der schaut aus wie ein Stern mit fünf Zacken und deshalb sagen alle das ist ein Ketchupfleck und dass ich mich nicht wasche. Unsere Lehrerin hat gesagt das ist ein Feuermal und dass sie mich in Ruhe lassen sollen. Doch da haben alle erst recht gelacht und gefragt ob sie die Feuerwehr rufen sollen. Als mich Sandra und Daniela das erste Mal auf der Straße gesehen haben, haben sie mich auch ganz groß angeschaut und auf mein Feuermal gezeigt. Aber sie haben nicht gelacht sondern gesagt dass das etwas ganz Besonderes ist, nämlich ein Hexenzeichen und dass ich eine echte kleine Hexe bin und dass sie das ganz toll finden weil sie nämlich auch Hexen sind. Dann hat Daniela ihren schwarzen Pulli ein Stück hochgezogen und mir auf ihrem Bauch ihr Hexenzeichen gezeigt. Das ist viel kleiner als meines und nur eintentomiert hat sie gesagt, aber meines ist echt und deshalb viel besser. Sandra hat gesagt sie will sich auch ein Hexenzeichen eintentomieren lassen, aber auf ihrer Schulter. Und dann haben sie gesagt, dass sie es echt super finden würden wenn ich ihre Freundin wäre aber dass das unser Geheimnis sein muss weil niemand wissen darf dass wir Hexen sind auch nicht meine Mamma und mein Papa. Das war voll gut und seitdem haben wir uns ein paarmal heimlich getroffen und haben Hexenspiele gespielt. Aber jetzt wo ich sie schon so lange nicht mehr gesehen habe bin ich voll traurig, hoffentlich kommen sie bald wieder. Liebes Tagebuch! Meine Oma hat gesagt dass du auch so was wie meine beste Freundin bist der ich alle meine Geheimnisse erzählen kann und die keinem was verrät weil niemand lesen darf was ich in dich hineinschreibe. Ich hoffe das stimmt.

Dienstag

Die Schachteln mit dem Christbaumschmuck, wo waren die Schachteln mit dem Christbaumschmuck? Irgendwo mussten sie doch sein, auf dem Dachboden vielleicht, oder im Schlafzimmerschrank hinter Ludwigs Anzügen, gut versteckt, damit die Kinder sie nicht finden konnten, die Schachteln mit den Christbaumkugeln und der goldglänzenden Kette, dem Silberlametta und den roten Kerzen aus echtem Bienenwachs, dem Engelshaar und dem prachtvollen Stern für die Spitze des Christbaums. Ja, und auch die Schachtel mit den Krippenfiguren, dem Jesuskind, Maria und Josef, den zwei Hirten, den Schafen, dem Esel und dem Verkündigungsengel, die Ludwig in der Kriegsgefangenschaft selber geschnitzt hatte und die schöner waren als all die Figuren, die man auf dem Christkindlmarkt für teures Geld kaufen konnte. Maria Wagner musste sie jetzt finden, unbedingt musste sie die Schachteln jetzt finden, jetzt sofort, das war wichtig, denn morgen war doch Heiliger Abend. Es war Weihnachten, ganz sicher war Weihnachten, das wusste sie einfach. Und wenn die Sonne noch so heiß vom Himmel brannte und der Garten aussah wie im schönsten Sommer, es war Weihnachten, und nur das Wetter spielte eben wieder einmal verrückt.

Unterm Bett, die Schachteln waren unterm Bett, wie hatte sie das vergessen können? Und was sollte sie jetzt zuerst tun: Die Krippe aufstellen oder die Christbaumkugeln polieren? Vielleicht doch als erstes die Krippe. Und dann musste sie ja auch noch den Christbaum besorgen. Und, um Gottes Willen, die Weihnachtsgeschenke! Und Geschenkpapier und goldene Schmuckbänder! Und dann die Weihnachtspäckchen machen! Und Kekse backen,

Vanillekipferl, Mandelbögen, Kokosbusserl und eine Biskuitroulade! Das war doch alles kaum mehr zu schaffen. Immer blieb alles an ihr hängen. Wenn sie sich nicht darum kümmerte, gäbe es kein Weihnachten, es war jedes Jahr das Gleiche! Aber sie machte es ja gern. Die leuchtenden Augen und die glücklichen Gesichter ihrer Kinder und das zufriedene Lächeln ihres Mannes am Weihnachtsabend waren der schönste Lohn für ihre Mühe. Maria Wagner war glücklich. Wenn ich mich beeile, dachte sie, kann nichts schief gehen, und das schönste Fest des Jahres wird so schön wie immer. Ganz in der Früh, wenn die Kinder noch schlafen, wird Ludwig den Christbaum aus dem Keller holen und im Wohnzimmer aufstellen, und dann wird sie die Zimmertür zusperren und die Fensterläden schließen, damit die Kinder nur ja keinen Blick ins Weihnachtszimmer werfen können. Am Nachmittag wird Ludwig heimlich den Baum schmücken und die Geschenke darunter legen, und Julia wird wieder alle zehn Minuten ganz aufgeregt zum Wohnzimmer laufen, ihr Ohr an die Tür pressen und mit angehaltenem Atem lauschen, ob das Christkind schon gekommen ist, und Klaus wird seine kleine Schwester deshalb auslachen und ihr seine Geschichte vom Weihnachtsgeschenkefresser erzählen, der alle ihre Weihnachtspäckchen auffressen wird, wenn sie nicht sofort von der Tür weggeht, aber Julia wird ihrem Bruder kein Wort glauben und ihm sagen, dass das nur ein blödes Märchen ist, das er sich ausgedacht hat, um sie zu ärgern. Und dann werden sie am Küchentisch sitzen und sie wird mit den Kindern Mensch-ärgere-dich-nicht spielen, um sie abzulenken, und auf einmal werden sie ein Glöckchen läuten hören, und Ludwig wird rufen „Was war denn das? Ich glaube, das Christkind ist gekommen!“, und die Kinder werden ins Zimmer stürmen, Julia zuerst, und der Christbaum wird so schön sein wie noch nie, sicher der schönste Christbaum in der ganzen Stadt, glitzernd und funkelnd im prächtigen Kerzenlicht. Und sie werden miteinander Weihnachtslieder singen, O Tan-

nenbaum und Leise rieselt der Schnee und Stille Nacht, und Klaus wird die Weihnachtsgeschichte vorlesen, von der Herbergssuche und der Geburt Christi im Stall zu Bethlehem und den Hirten auf dem Felde, extra langsam wird er sie vorlesen, um seine Schwester noch einmal ein bisschen zu ärgern, die schon ganz ungeduldig sein wird und es nicht mehr erwarten kann, dass sie endlich ihre Weihnachtspäckchen aufmachen darf. Und dann werden sie gemütlich beisammensitzen und Weihnachtsgebäck naschen und Schallplatten hören, die Wiener Sängerknaben und Hermann Prey und Anneliese Rothenberger. Und Rudolf Schock mit Ludwigs Lieblingslied, das auch ihr Lieblingslied ist. *Vor meinem Vaterhaus steht eine Linde, vor meinem Vaterhaus steht eine Bank, und wenn ich sie einst wieder finde, dann bleib ich dort ein Leben lang.* Immer wieder werden sie dieses Lied spielen, und sie wird mitsingen, denn sie hat immer noch eine schöne Stimme. Als sie ein Mädchen war, haben die Leute gesagt, dass sie Sängerin werden könnte mit ihrer Stimme, und wer weiß, vielleicht wäre sie ja sogar eine berühmte Opernsängerin geworden und bei den Festspielen aufgetreten, wenn nicht alles ganz anders gekommen wäre. Aber immerhin wird sie gemeinsam mit Rudolf Schock Ludwigs Lieblingslied singen, und Ludwig wird vielleicht dabei sogar ihre Hand halten. Und später werden sie in die Christmette gehen, das gehört einfach dazu. Sie werden ihre Wintermäntel anziehen und die warmen Stiefel, und dann werden sie durch den frischen Schnee zur Kirche stapfen. Weil es wird Schnee geben, ganz sicher wird es Schnee geben, vielleicht sogar noch heute. Das Wetter wird umschlagen, ein kurzes Wintergewitter zuerst, und dann wird es zu schneien anfangen. Zunächst warm, als wäre Hochsommer, und dann plötzlich Schnee, wie immer zur Weihnachtszeit.
Maria Wagner warf einen Blick auf den Kalender. Auf dem Blatt stand eine große schwarze Dreiundzwanzig. Sie hatte sich also nicht geirrt, und wenn sie sich jetzt nicht bald zum Einkaufen

auf den Weg machte, konnte sie es auch gleich bleiben lassen. Am Dreiundzwanzigsten wurden die Geschäfte immer gestürmt von all den Leuten, die erst im allerletzten Augenblick ihre Weihnachtsgeschenke einkaufen. Diesen Trubel und diese Hektik hatte sie immer gehasst und deshalb die Geschenke meistens schon Wochen, wenn nicht gar Monate vor Weihnachten gekauft. Sorgfältig überlegt und in aller Ruhe ausgesucht. Doch nun gehörte sie auf einmal selber zu dieser unvernünftigen fünf-vor-zwölf-Kundschaft, ja noch schlimmer, sie wusste noch nicht einmal, welche Geschenke sie kaufen wollte!

Also erst einmal nachdenken. Währenddessen konnte sie auch gleich das Haus ein bisschen weihnachtlich dekorieren, ein paar Strohsterne aufhängen und die Kunststofftannenzweige, die so praktisch waren, weil sie nicht nadelten und mit ein bisschen Lametta und ein paar Kerzen wie echt aussahen. Mit ein wenig Weihnachtsstimmung im Haus würden ihr gewiss auch ganz schnell die richtigen Geschenkideen kommen. Und dann könnte sie rasch ihre Einkäufe erledigen und wieder zurück sein, bevor die Kinder von der Schule nachhause kämen. Ja, das war gut, genau so würde sie es machen. Bei der Gelegenheit konnte sie auch gleich im Fischgeschäft in der Altstadt den Weihnachtskarpfen besorgen. Und etwas von dem Räucherlachs, den Ludwig so sehr mochte.

Ein paar Haltestellen mit dem Bus, den Rest zu Fuß, einkaufen, und dann gleich wieder zurück – in zwei, höchstens drei Stunden müsste sie das schaffen. Hoffentlich hatte Ludwig nicht vergessen, ihren Wintermantel aus der Reinigung zu holen. Wenn sie sich ausgerechnet einen Tag vor Weihnachten eine Erkältung holen würde, das hätte ihr gerade noch gefehlt! Sie musste sich warm anziehen, denn heute würde es sicher noch kalt werden und schneien. Sie spürte ihn schon kommen, den Schnee. Dafür hatte sie einen sechsten Sinn.

Wagner war enttäuscht. Er hatte gehofft, mit Christina reden zu können, doch als er kurz vor Mitternacht in den Lindenwirt kam, merkte er gleich, dass sie für ihn wohl keine Zeit haben würde.
In der Schankstube saß niemand, aber in den beiden großen Gasträumen herrschte Bierzeltstimmung. Wagner kannte die Hälfte der Gäste. Es waren Mitglieder des örtlichen Sparvereins, die ihre Jahreshauptversammlung abgehalten hatten und nun offensichtlich wild entschlossen waren, ihr gesamtes angespartes Kapital auf einmal zu verfeiern. Die andere Hälfte der Gäste war, ihrer Sprache nach zu schließen, eine Busladung schwedischer oder dänischer oder norwegischer Touristen, lauter groß gewachsene junge Männer, vermutlich Sportstudenten oder Mitglieder einer Basketballmannschaft, welche die im Vergleich zu ihrer Heimat geradezu lächerlich niedrigen Alkoholpreise nutzten, sich mit Bier und Schnaps voll laufen zu lassen. Christina und der Wirt hatten alle Hände voll zu tun, und wie es aussah, bis weit über die offizielle Sperrstunde hinaus.
Trotzdem wollte Wagner nicht nachhause. Was er heute erleben musste, hatte ihn verstört, verwirrt, verärgert und ratlos gemacht. Normalerweise konnte er sich beruhigen, indem er sich auf seinem Fahrrad auspowerte. Er war stundenlang durch die Gegend gefahren in der Hoffnung, dadurch wieder einen klaren Kopf zu bekommen. Aber dieses Mal hatte das überhaupt nichts gebracht, im Gegenteil, er fühlte sich aufgewühlter als zuvor. Alleinsein würde die Sache jetzt nur noch schlimmer machen. Er musste die Geschichte loswerden. Er brauchte jemanden zum Reden, einen Menschen, der ihn verstehen würde. Und dieser Mensch

war Christina, wer sonst, das schien ihm das Natürlichste und Selbstverständlichste auf der Welt zu sein. Und jetzt wollte er sie wenigstens sehen, wollte das Gefühl haben, dass sie in seiner Nähe war, wenn er schon nicht die Möglichkeit hatte, mit ihr zu reden. Und vielleicht würde sich ja doch noch die Gelegenheit ergeben.

Er setzte sich in die Schankstube an einen Tisch, von dem aus er durch die breite, geöffnete Schiebetür in den Gastraum sehen konnte. Drinnen waren die Tische für die Versammlung des Sparvereins zu einer langen Tafel zusammengerückt worden, aber die strenge Sitzordnung hatte sich längst aufgelöst. Die Gäste saßen in Gruppen beisammen, prosteten einander ununterbrochen zu, und fast jeder gebrüllte Satz wurde mit wieherndem Gelächter quittiert. Man schien bereits in der Phase der zotigen Witze angelangt zu sein, und als er genauer hinsah, fiel Wagner auf, dass unter den Gästen keine einzige Frau war. Die Frauen waren wohl schon gegangen, entweder angewidert oder weil sie ihre Männer nicht dabei stören wollten, die Sau rauszulassen, und ihnen einmal im Jahr dieses Vergnügen gönnten. Dafür hatten sich bereits die ersten jungen Nordlichter unter diese Ansammlung rotgesichtiger, verschwitzter Einheimischer gemischt, und die allgemeine Verbrüderung mit Slibowitz und Vogelbeerschnaps war voll im Gange, weil Saufen offenbar immer noch die beste Methode der Völkerverständigung war, über alle Sprachgrenzen hinweg. Auch das Rauchverbot wurde konsequent ignoriert, und mittendrin in der von Alkoholdunst, Zigarettenrauch und dumpfblöden Alphatiersprüchen geschwängerten Atmosphäre tat Christina ihre Arbeit. Leerte Aschenbecher aus, räumte leere Gläser auf ein Tablett, nahm Bestellungen auf – ruhig, freundlich und mit einem bezaubernden Lächeln, als wäre es für sie das reinste Vergnügen, einen Haufen Besoffener zu bedienen. Na, hoffentlich bringt's ihr wenigstens eine schöne Stange Trinkgeld, dachte Wagner.

Christina bemerkte ihn erst, als sie zum zweiten Mal in die Schankstube kam, um frisches Bier zu zapfen.
„Hallo, Klaus. Sitzt du schon lang hier?“
Sie lächelte, aber ihr Lächeln war jetzt angestrengt, fast gequält.
„Paar Minuten. Ist schon okay.“
Christina stellte ein volles Bierglas nach dem andern auf ihr Tablett.
„Auch eins?“
„Nein, danke. Du weißt schon.“
„Alles klar. Moment noch.“ Sie stemmte das Tablett mit beiden Händen hoch und blies sich schnell eine Haarsträhne aus der Stirn. „Sorry, aber du siehst ja, was hier los ist.“
Wagner blickte ihr nach, und als sie drinnen die Gläser einzeln vor die Gäste stellte, die den Biernachschub mit lautem Gejohle in Empfang nahmen, schien es ihm, als würde sie wieder ganz anders lächeln, anders als sie ihn angelächelt hatte. Unverkrampfter. Netter. Aber vielleicht auch nur professioneller. Für sie gehört Lächeln einfach zum Job, dachte er. Und Job ist Job, auch wenn man sich dabei manchmal noch so beschissen fühlen mochte.
So beschissen, wie er sich heute Nachmittag gefühlt hatte, als plötzlich ein Streifenwagen vorm Haus seiner Eltern vorgefahren war, und ihn zwei verlegen grinsende Kollegen gebeten hatten, er möge bitte die etwas verwirrte alte Dame identifizieren, die hinten im Wagen saß und behauptet hatte, sie sei die Ehefrau von Oberinspektor Ludwig Wagner, und der würde sicher für eine Belobigung sorgen, wenn man sie im Polizeiauto nachhause brächte.
Und ja, es war tatsächlich seine Mutter gewesen, seine Mutter, die in einem Spielzeuggeschäft dabei ertappt worden war, wie sie einen Kindermalkasten und eine Schachtel Buntstifte in ihre Handtasche gesteckt hatte und dann, ohne zu bezahlen, seelenruhig aus dem Geschäft hinausspazieren wollte. Seine Mutter, die weder Geld noch Ausweispapiere bei sich gehabt hatte und außer

Stande gewesen war, den Beamten in der Rathauswachstube ihre Wohnadresse zu sagen. Seine Mutter, die immer nur auf ihren Gatten verwiesen hatte, bis einer der Polizisten auf die Idee gekommen war, die alte Dame könnte vielleicht die Mutter des Kollegen Klaus Wagner sein. Wirklich seine Mutter, die, eingemummt in ihren schweren Wintermantel, eine Wollhaube auf dem Kopf und die Hände in dicken Fäustlingen, mühsam aus dem Streifenwagen gekrabbelt war und den Polizisten zum Abschied ein frohes Weihnachtsfest gewünscht hatte. Seine Mutter, die zu einem „Fall" geworden war, den man – unter Kollegen – natürlich ausnahmsweise vergessen würde. Ja, seine Mutter, die er einen Augenblick lang am liebsten verleugnet hätte, so peinlich war ihm das alles gewesen, und so beschissen hatte er sich gefühlt.

„Scheißjob heute, was?" sagte er zu Christina, als sie ihm seinen Viertelliter Kaffee über den Tisch schob.

Christina sah ihn verblüfft an.

„Nö. Wieso?"

Wagner deutete mit einer kurzen Kopfbewegung in Richtung Gastraum.

„Na ja, nicht gerade die feinste Gesellschaft."

„Ach, die!" Christina lachte auf. „Halb so schlimm. Endlich zur Abwechslung einmal wirklich was los bei uns. Da macht's erst richtig Spaß."

Einer der blonden Hünen kam in die Schankstube, blieb stehen, schwankte leicht und sah sich suchend um. Christina wusste offenbar instinktiv, wonach er Ausschau hielt.

„Saal hinten – durch die Tür – Gang runter – zweite Tür rechts."

Der Hüne grinste, machte ruckartig kehrt und steuerte wieder den Gastraum an, mit Bewegungen, als befände er sich bei hohem Seegang an Deck eines Segelschiffs. Christina sah ihm nach.

„Mein Gott, süß."

Wagner hob hilflos die Schultern und quälte sich ein schmallippiges Lächeln ab.
„Wenn du meinst."
In diesem Moment kippte der Hüne vornüber, drohte zu stürzen, streckte reflexartig einen Arm nach vorne, stützte sich am Türrahmen ab, blieb so einen Augenblick ganz ruhig stehen und begann dann Zentimeter um Zentimeter nach unten zu sacken. Mit drei schnellen Schritten war Christina bei ihm, schlüpfte unter seinen Arm, stemmte das schwankende Riesenbaby hoch, schlang ihren rechten Arm um seine Taille, rief „Hey, nicht schlapp machen! Komm, ich helf' dir, miteinander schaffen wir's!", und dann sah Wagner, wie die beiden durch den Gastraum schlurften, langsam, wie in Zeitlupe, und eng umschlungen.
Na, wunderbar, dachte Wagner. Komm, ich helf' dir, miteinander schaffen wir's! Genau diese mitfühlenden Worte aus Christinas Mund hätte *er* heute gebraucht. Dringend nötig hätte er sie gehabt. Und ihr aufmunterndes Lächeln dazu. Aber *er* war ja nicht süß, *er* war ja nur ein alter Trottel, der einen Haufen Probleme am Hals hatte. Plötzlich fand er, dass sogar sein Kaffee scheußlich schmeckte. Richtig ungenießbar war der. Scheiße, alles Scheiße.
Was machte er eigentlich hier? Hatte er wirklich geglaubt, Christina würde sich vielleicht wieder für ihn interessieren, nur weil sie gestern miteinander nett geplaudert hatten? Schwachsinn. Wahrscheinlich bereute sie es längst. Gut, dass er ihr nichts von seinen Problemen erzählt hatte. Sie hatte ihre eigenen, da brauchte sie nicht seine noch dazu. Und sie hatte offensichtlich ihre eigene Methode, mit ihren Problemen fertig zu werden.
Und, ganz ehrlich, was hätte sie ihm schon Großartiges sagen können, wenn er ihr geschildert hätte, was heute alles vorgefallen war. Das alles hätte sich doch bloß verrückt angehört, absolut verrückt. Zuerst der Christbaumschmuck, mit dem der Hausflur und die Küche dekoriert waren, als wäre Weihnachten und nicht

Mitte Juni. Dann seine Mutter, die er nirgends im Haus finden konnte und von der er schließlich angenommen hatte, sie hätte sich wieder einmal im Schlafzimmer eingeschlossen, um zu schlafen. Dann die Geschichte mit dem Polizeiauto und seiner Mutter als Ladendiebin. Und schließlich sein Wutanfall, weil er die Nerven verloren hatte, als ihn Mutter hartnäckig für Vater gehalten und darauf bestanden hatte, dass er jetzt sofort den Christbaum schmücken müsse, weil Julia und Klaus schon ganz ungeduldig aufs Christkind warten würden.

Da hatte er seine Mutter bei den Schultern gepackt und sie geschüttelt und ihr ins Gesicht gebrüllt: „Wach auf, Mutti, wach endlich auf! Ich bin Klaus! Dein Sohn Klaus! Nicht Vati! Vati gibt's nicht mehr! Und Julia gibt's auch nicht mehr! Sie sind tot, Mutti! Beide tot! Gestorben, Mutti, gestorben! Vati vor zwei Jahren, und Julia vor über vierzig! Tot, Mutti, tot! Tot, tot, tot! Begreif das doch endlich!"

Und seine Mutter hatte ihn nur stumm angestarrt, leise zitternd und voll Angst und Entsetzen, als stünde sie ihrem Mörder gegenüber. Und dann hatte er sie losgelassen, und sie war in ihr Schlafzimmer gegangen, wortlos und mit gesenktem Kopf, und hatte die Tür hinter sich zugesperrt. Und dann hatte er gehört, wie sie laut aufgeschluchzt und dann zu weinen begonnen hatte, kläglich und wimmernd. Und das Weinen war immer leiser und leiser geworden, und dann war Stille.

Er hatte an ihre Tür geklopft und sie gerufen, aber sie hatte nicht geantwortet. Und nach einiger Zeit hatte er ihr Atmen gehört, ruhig und regelmäßig, manchmal unterbrochen von einem leisen Schnarchen: Seine Mutter hatte sich in den Schlaf geweint wie ein kleines Kind.

Und er hatte nichts als Scham und Reue gefühlt. Und Zorn. Über sich und über das, was er seiner Mutter angetan hatte. Und gleichzeitig hatte er gewusst, dass er damit Recht gehabt hatte. Er war bestürzt, verwirrt, ratlos. Und auf einmal hatte er das Gefühl gehabt, in diesem Haus nicht mehr atmen zu können. Er war hinausgerannt, hatte sich auf sein Fahrrad gesetzt und war losgerast – nur weg, weg, weg, weit weg von allem! Vergeblich.

Also, was hätte ihm Christina sagen können, wenn er ihr all das erzählt hätte? Was, das er nicht längst selber wusste: Dass seine Mutter in ein Pflegeheim gehörte, aber dass er ihr das ersparen wollte. Dass ihn seine Mutter zur Verzweiflung brachte, aber dass er sich schäbig vorkäme, würde er sie aus ihrer verschobenen, aber glücklichen Wirklichkeit herausreißen. Hätte ihm Christina einen Weg aus dieser ausweglosen Situation zeigen können? Komm, ich helf' dir, miteinander schaffen wir's! Ja, einem besoffenen Basketballspieler den Weg aufs Klo zeigen, das konnte sie. Aber einen Ausweg aus seinem Dilemma finden?

Zwei Sparvereinsbrüder, jeder sein leeres Bierglas in der Hand, wankten herein und visierten die Schank an. Offenbar hatten sie vor, sich ihr frisches Bier selber zu zapfen. Als sie sich umblickten, um sich zu vergewissern, dass sie allein im Raum waren, entdeckten sie Wagner. Nach ein paar Schrecksekunden bauten sie sich demonstrativ vor Wagners Tisch auf und verengten ihre Augen zu schmalen, bösen Sehschlitzen. Wagner kannte die beiden Männer. Der eine war ein rechtspopulistischer Gemeinderat, der andere einer der Lokaljournalisten, die den ekelhaften Zeitungsartikel über die beiden vermissten Mädchen geschrieben hatten, der Wagner gestern in Rage versetzt hatte.

„Daschauher ... dasaugedesgesetzes", lallte der Gemeinderat und ließ einen Rülpser los.

„Genau", bestätigte der Zeitungsschmierer und rülpste ebenfalls. „Unseregroooßartigepolizeihöööchstpersönlich."

„Imwirtshaussitzenstattmädchenmördersuchen." Der Politiker rülpste abermals. „Wasfüreinevorbildlichedienstauffassung!"

„Genau." Rülps. „Steuergelderversaufenundsexualverbrecherfreiherumlaufenlassen." Rülps. „Echtsuper."

„Daswirdpolitische – mpfh – politischekonsequenzenwirddashaben ... nichtnurbeiderpolizei – mpfh."
„Genau. Diepolizeiderfreundundhelfervonsexbestien."
Es reichte. Wagner sprang auf. Und beinahe hätte er noch einmal an diesem Tag die Beherrschung verloren und zugeschlagen, wenn im selben Augenblick nicht Christina dazwischen gegangen wäre und die beiden Besoffenen angeschrieen hätte.
„Raus! Alle beide! Raus hier!"
Sie musste schon eine ganze Weile unbemerkt in der Tür gestanden sein und gehört haben, was die beiden von sich gegeben hatten. Jetzt packte sie beide Männer an den Hemdsärmeln und zerrte sie zurück in den Gastraum.
Wagner stand da und starrte auf seine geballte Faust. Dann drosch er auf die Tischplatte ein. Einmal, zweimal, dreimal, bis die Knöchel seiner Finger zu bluten begannen. Jetzt war auch der Wirt hereingekommen und sah ihn fassungslos an. Wagner leckte seine Fingerknöchel ab, holte mit der anderen Hand ein paar Geldscheine aus seiner Hosentasche und warf sie auf den Tisch. Es war viel mehr, als der grauenhafte Kaffee kostete.
„Da. Der Rest ist für Christina."
Seine Stimme hörte sich an, als käme sie von einer alten, zerkratzten Grammophonplatte. Dann nahm Wagner ein paar Papierservietten vom Tisch, presste sie auf seine schmerzende Hand und verließ grußlos den Gasthof.

Welche bösen Geister waren nun wieder aufgewacht? Welche Bilder, welche Geschichten kamen jetzt wieder hoch? Geschichten, die doch schon so lang begraben waren, eingesargt und versenkt auf dem Friedhof der nutzlosen Erinnerungen. Warum streckten sie auf einmal ihre kalten Hände aus der Tiefe, griffen nach ihm und ließen ihn nicht schlafen?
Wagner wälzte sich schweißgebadet in seinem Bett.
Geh weg, Julia, stöhnte er. Geh weg. Verschwinde. Lass mich in Ruhe. Was willst du von mir? Du hast mich zwölf Jahre lang gequält. Ist dir das noch nicht genug? Ich hab dich nie gemocht. Nicht, als du auf die Welt gekommen bist, und jetzt schon gar nicht. Hau ab, Julia. Geh zurück, woher du gekommen bist. Du bist tot, Julia. Tot, tot, tot.
Immer hat sich alles nur um dich gedreht. Von Anfang an warst nur du wichtig. Wie's dir geht, wie du dich fühlst, ob du was brauchst, um nichts anderes ist es mehr gegangen. Und um mich schon gar nicht. Weil ich war ja jetzt auf einmal der große Bruder. Seit ich fünf war, war ich der große Bruder und hab vernünftig sein müssen. Der große Bruder, der sein kleines Schwesterchen doch so lieb hat und immer brav Rücksicht auf die kleine Julia nimmt, weil sie doch so schwach und blass und arm und kränklich ist. Der große Bruder, der dauernd ganz still ist, damit die kleine Julia schlafen kann, der auf sie aufpasst und ihr Geschichten vorliest und sie auf seinen Knien stundenlang hoppe-hoppe-Reiter machen lässt und so tut, als würde es ihm irrsinnigen Spaß bereiten, wenn sie ihm dabei die Hälfte ihrer letzten Mahlzeit ins Gesicht spuckt. Der große Bruder, der keine Spielzeugeisenbahn

bekommt, weil sich das kleine Schwesterchen eine teure Puppe gewünscht hat, die Mama und Papa sagen und auf Knopfdruck Tränen aus ihren blauen Augen fließen lassen kann. Der große Bruder, der für die liebe kleine Julia die Schulaufgaben macht, weil sie sonst vor den Eltern behauptet, er hätte die Kochschokolade gegessen, die in Wahrheit sie am Tag zuvor aus der Speisekammer gestohlen hat. Wofür hätte dich dieser große Bruder lieben sollen, Julia? Dafür, dass er kein Kind mehr sein durfte, seit du auf der Welt warst?

Ich habe dich gehasst, Julia. Aus tiefster Seele habe ich dich gehasst. Zum Teufel hab ich dich gewünscht. Dich und das ganze Theater, das man um dich gemacht hat wegen deiner Krankheit. Und wie du sie ausgenutzt hast, um uns alle zu beherrschen und deinen Kopf durchzusetzen. Wenn du etwas unbedingt haben wolltest, hast du einfach die Augen verdreht und behauptet, dass dir schlecht wird, und schon hast du es gekriegt. Allen hast du Angst gemacht, das war deine Methode, gib's doch zu. Alle haben immer geglaubt, wenn sie nicht machen, was du willst, dann stirbst du. Und du hast jedes Mal gewonnen. Aber zum Schluss, Julia, zum Schluss hab ich gewonnen.

Ich hab mir gewünscht, dass du tot bist. So sehr hab ich mir das gewünscht, damals mit neun oder zehn Jahren, und da hab ich deine blöde Puppe genommen und so lang im Waschbecken unters Wasser getaucht, bis sie kaputt war. Ja, das war ich. Jetzt weißt du, warum sie auf einmal nicht mehr Mama und Papa gesagt hat und auch nicht mehr weinen konnte. Nichts als eine stumme, tote Puppe. Ich weiß, dir war das damals egal, weil du hast ja gleich eine neue Puppe bekommen. Aber ich hab nicht aufgegeben. All die Jahre nicht. Ich hab's mir gewünscht, immer und immer wieder gewünscht. Und eines Tages ist es dann endlich geschehen und mein Wunsch ist in Erfüllung gegangen. Es war nicht die Leukämie, Julia. Es war, weil ich es mir gewünscht habe.

Als du gestorben bist, war ich siebzehn. Zu spät für mich. Du hast gründlich gearbeitet, Julia. Ich kann mit Kindern nichts anfangen. Ich mag sie einfach nicht. Alle meine Beziehungen sind deswegen in die Brüche gegangen. Und die Kinder, mit denen ich als Polizist zu tun habe, sind mir auch egal. Gleichgültig wie die beiden vermissten Mädchen. Ausreißerinnen, die ihre Eltern terrorisieren, um von ihnen irgendwas zu erpressen. Zuneigung, Liebe oder mehr Taschengeld, es ist doch immer das Gleiche. Dienstlich muss ich mich wohl oder übel um sie kümmern, aber sonst? Nein, Kinder können mir gestohlen bleiben. Danke, Julia, du hast es geschafft. Natürlich hab ich später ein schlechtes Gewissen gehabt, weil ich dir den Tod gewünscht habe, aber da hat das auch nichts mehr genützt.
Also bitte, Julia, verzieh dich. Oder willst du wieder anfangen, mich zu quälen? Jetzt, nach all den Jahren? Hast du dich mit unserem Vater verabredet, dort, wo ihr beide jetzt seid? Wollt ihr beweisen, dass ihr immer noch die Stärkeren seid? Könnt ihr selbst als Tote nicht eure Finger von den Lebenden lassen? Habt ihr euch deshalb schon in Mutters Kopf eingeschlichen, um sie zu euch hinüber zu ziehen? Sie ist eine alte Frau, die sich nicht wehren kann. Und vermutlich ist sie sogar glücklich in eurer Gesellschaft. Aber mich kriegt ihr nicht, Julia, mich nicht.
Du hast keine Chance, Julia, nicht die geringste Chance. Irgendwann, wenn ihr Mutter endgültig zu euch geholt habt, du und Vater, dann werde ich deine Puppen und Bilder und Kleider aus deinem Kinderzimmer holen, im Garten auf einen großen Haufen werfen, und obenauf noch das Bett, in dem du gestorben bist. Und dann werde ich alles anzünden, Julia. Ein Riesenfeuer werde ich machen, einen Scheiterhaufen, auf dem alles verbrennen wird. Alles, Julia, alles. Auch du.
Ein heftiger Windstoß riss das Schlafzimmerfenster auf und jagte Wagner einen eisigen Schauer über den Rücken. Wagner sprang aus seinem Bett und sah aus dem Fenster. Über der Stadt lagen

die Wolken eines frühen Sommergewitters, und man konnte die ersten Donnerschläge hören.

Auch Maria Wagner war aufgestanden und blickte aus ihrem Schlafzimmerfenster in den mit schwarzen Wolken bedeckten Morgenhimmel. Das Gewitter, dachte sie, das Gewitter. Ich hab's ja gewusst. Jetzt ist es da. Erst das Gewitter, und dann wird es schneien.

Liebes Tagebuch! Als ich heute von der Schule nachhause gegangen bin habe ich auf der Straße einen Mann gesehen, der hat ausgeschaut wie der Mann bei dem wir Hexen gespielt haben. Ich bin zu dem Mann hingegangen aber von der Nähe habe ich dann bemerkt dass es leider doch nicht der Mann gewesen ist. Das war schade. Weil sonst hätte ich ihn fragen können ob er weiß, wo Sandra und Daniela sind. Vielleicht gehe ich morgen zu dem Haus von dem richtigen Mann und frage ihn. Aber ich weiß nicht ob ich das Haus finde, weil ich bin mit Sandra und Daniela gemeinsam hingegangen und da habe ich nicht aufgepasst wie der Weg dorthin ist. Ich werde zuerst zu unserem Treffpunkt gehen und vielleicht sind Sandra und Daniela ja da. Das wäre voll super. Am liebsten würde ich mir auch lauter schwarze Sachen anziehen wie sie, weil das schaut irrsinnig toll aus finde ich. Aber wie ich meine Oma gefragt habe ob sie mir welche kauft, hat sie gesagt dass ich damit ausschauen würde wie auf einem Begräbnis und dass ich ohnehin so viele schöne Sachen zum Anziehen habe. Ich finde das voll blöd von meiner Oma. Hoffentlich sind Sandra und Daniela wieder da. Die borgen mir dann sicher ihre schwarzen Schminksachen damit ich wenigstens mein Gesicht auf Hexe schminken kann wie sie. Das wünsche ich mir.

Mittwoch

Aus dem kurzen, heftigen Gewitter war ein schwerer Dauerregen geworden. Die Regentropfen trommelten gegen die Fensterscheiben, und Wagner wusste, dass sich das in den nächsten Stunden nicht ändern würde. Ein Grund mehr, im Bett zu bleiben und zu versuchen, noch ein wenig von dem Schlaf nachzuholen, um den ihn das Gespenst seiner toten Schwester gebracht hatte. Auch seine Mutter würde bei diesem Wetter bestimmt nicht aus dem Haus gehen, und im Garten arbeiten konnte er ebenfalls nicht. Also schlafen. Das war das Beste, was er tun konnte. Schlafen und für ein paar Stunden alles vergessen. Die ganze Aufregung und den Ärger und auch die Enttäuschung von gestern Abend. Einfach schlafen. Wagner zog sich die Decke über den Kopf und schloss die Augen.

Doch er hatte noch keine zehn Minuten geschlafen, als ihn das Kreischen einer Schlagbohrmaschine aufschreckte. Es kam aus der Wohnung unter der seinen, und als das Bohren aufhörte, begann jemand mit einem Hammer auf Fliesen einzuschlagen, ein unablässiges, gellendes Hämmern, das die Wände von Wagners Wohnung in ein leichtes Beben versetzte.

Wagner wusste nicht, was er machen sollte. Er lag wie erstarrt in seinem Bett und verfluchte seinen Wohnblock. Ständig musste in irgendeiner Wohnung ein Rohrbruch repariert werden, dauernd wurde irgendwo geschliffen, gebohrt, gesägt und gehämmert. Und er konnte dagegen nichts unternehmen, denn es war natürlich das gute Recht der Leute. Normalerweise war er ja auch um diese Uhrzeit im Dienst und bekam von dem ganzen Lärm so gut wie nichts mit. Wenn es nach ihm ging, konnten die Leute

tagsüber Krach machen, soviel sie wollten. Aber heute, ausgerechnet heute? Verflucht noch einmal!
Plötzlich hörte das Hämmern auf. Gott sei Dank. Wagner atmete auf und entspannte sich wieder. Eine Minute später läutete es an seiner Wohnungstür. Draußen stand ein junger Mann in blauem Overall und teilte Wagner mit, dass für die nächsten zwei Stunden im ganzen Haus das Wasser abgedreht würde, weil man in der Wohnung im fünften Stockwerk ein neues Leitungsrohr verlegen müsse.
„Alles klar. Aber das Hämmern ist jetzt vorbei?"
„Ja. Bis auf weiteres."
„Na gut. Danke."
Wagner legte sich wieder ins Bett. Zwei Stunden Ruhe. Zwei Stunden Schlaf. Mehr wollte er nicht. Alles andere war ihm egal. Kaum begann er wegzudämmern, schrillte schon wieder die Türklingel. Jetzt war Wagner wirklich sauer. Er stieg aus dem Bett, zog seinen Morgenmantel über und ging zur Tür.
„Was ist denn jetzt schon wieder?! Verdammte Scheiße!"
„Entschuldige. Ich bin's. Christina."
Wagner öffnete verblüfft die Tür.
„Chris? Was machst denn du hier?"
„Hallo, Klaus. Darf ich reinkommen?"
„Klar. Ist was passiert?"
Christina sah übernächtigt aus. Blass und mit Ringen unter den Augen. Obwohl sie einen dicken Rollkragenpullover trug, schien sie zu frösteln, und ihr regennasses Haar klebte in Strähnen an ihrem Kopf. Sie ging zielstrebig ins Wohnzimmer, stellte ihre Handtasche auf den Tisch, streifte die Schuhe von den Füßen, kauerte sich mit hochgezogenen Beinen aufs Sofa und umschlang ihre Knie. Wie selbstverständlich. So, als wäre sie immer noch hier zuhause. Wagner beobachtete sie – irritiert und gleichzeitig besorgt. Dann ging er ins Bad und kam mit einem Handtuch zurück.

„Da. Für deine Haare. Bevor du dir eine Erkältung holst."
„Danke." Christina begann ihr Haar trocken zu rubbeln. „Hast du vielleicht auch einen Kaffee für mich?"
„Klar. Ich kann auch einen brauchen. Nur ... Shit ..." Wagner hielt inne und machte ein ratloses Gesicht.
„Was?"
„Ich kann keinen machen. Die haben im ganzen Haus das Wasser abgedreht."
„Na, super." Christina überlegte. „Hast du Mineralwasser im Kühlschrank?"
„Natürlich. Wieso?"
„Wieso? Du kannst vielleicht Fragen stellen." Christina lachte auf. „Nimm halt Mineralwasser für den Kaffee. Wasser ist Wasser."
„Tja. Klingt logisch."
„Noch immer der gleiche Blödmann wie früher, was? Noch immer völlig hilflos, wenn etwas nicht so läuft, wie du's gewöhnt bist."
Wagner ging wortlos in die Küche, löffelte Kaffee in den Filter seiner Kaffeemaschine, goss Mineralwasser in den Behälter, stellte zwei große Tassen bereit und drückte auf den Startknopf. Dann starrte er das Gerät an und wartete. Er fühlte sich unbehaglich. Was sollte das Ganze? Was wollte Christina von ihm?
„Bist du nur deshalb gekommen?" Wagners Stimme klang wie früher, wenn er laut geworden war, um in einem Streit mit Christina die Oberhand zu bekommen.
„Was meinst du mit: nur deshalb?" rief Christina aus dem Wohnzimmer zurück.
„Um mich zu beschimpfen. Um mir zu sagen, dass ich ein Trottel bin."
„Hab ich nicht gesagt."
„Nein, hast du nicht. Aber gemeint. Ist jedenfalls so bei mir angekommen."

„Dein Problem. Sorry."
Die übliche weibliche Taktik, dachte Wagner. Jetzt war also wieder er schuld.
„Sorry, Klaus. Ehrlich. Ich hab's nicht so gemeint. Tut mir Leid." Christinas Stimme war auf einmal ganz nah. Wagner drehte sich überrascht um. Christina stand mit zerzausten Haaren vor ihm und lächelte verlegen. Sie hatte ihren Pullover ausgezogen, und in ihrem weißen T-Shirt und ihren ausgebleichten Jeans wirkte sie unglaublich zerbrechlich. Wagner hätte sie am liebsten in seine Arme genommen, aber dann ließ er es doch bleiben.
„Warum bist du zu mir gekommen, Chris? Ist was passiert?"
„Passiert? Das wollte ich eigentlich dich fragen."
„Ich versteh' nicht."
„Na, gestern, Klaus. Was war da los? Auf einmal warst du fort. Warum hast du nicht auf mich gewartet? Wenigstens Ciao hättest du sagen können."
„Wundert dich das?"
„Was heißt wundert? Ich mach' mir Sorgen! Du warst so wütend. So hab ich dich früher nie erlebt." Christina deutete auf Wagners blutverkrustete Fingerknöchel. „Alles nur wegen diesen beiden besoffenen Idioten?"
„Ach, die beiden Armleuchter. Vergiss es." Wagner schüttelte den Kopf.
„Was dann, Klaus? Was war es dann?"
Wagner blickte Christina lange an. Dann wandte er ihr den Rücken zu und fixierte den dünnen Kaffeestrahl, der langsam in die erste Tasse lief. Sollte er Christina wirklich sagen, was gestern los gewesen war? Von Anfang an, die ganze Geschichte mit seiner Mutter? Nein, dazu hatte er jetzt wirklich keine Lust. Und im Grunde war es ja auch gar nicht darum gegangen, sondern um etwas ganz anderes. Christina legte ihm ihre Hand auf den Rücken.
„Was, Klaus? Was?"

Gut, dann sollte sie es eben zu hören bekommen.

„Tut mir Leid, Chris, aber ich bin halt kein süßer schwedischer Basketballspieler. Ich bin kein betrunkenes, blondes Riesenbaby, das man liebevoll und eng umschlungen aufs Klo begleiten kann. Ich bin nur ein alter Polizist, der einen Haufen Probleme am Hals hat. Ich wollte dir deinen Spaß nicht verderben, Chris. Das war alles."

Christina nahm ihre Hand von seinem Rücken.

„So, und ich werde dir jetzt auch was sagen", erklärte Christina, und sie sprach auf einmal ganz leise, langsam und stockend. „Du bist wirklich ein Trottel, wenn du glaubst, dass es mir Spaß macht, Besoffenen dabei zu helfen, dass sie rechtzeitig auf die Toilette kommen, um sich dort zu übergeben. Denn wenn ich das nicht mache, bin nämlich ich es, die ihre Kotze vom Boden aufwischen darf. Und du bist ein Volltrottel, wenn du meinst, es würde mir Spaß machen, wenn ich mir schweinische Witze anhören und mir dabei den Hintern betatschen lassen muss. Und du bist ein kompletter Trottel, wenn du glaubst, es wäre ein Spaß für mich, bis drei Uhr in der Früh Bier zu schleppen und dabei nett zu den Gästen zu sein, nur weil wir uns an den wenigen Tagen, wo bei uns ausnahmsweise wirklich was los ist, kein zusätzliches Personal leisten können."

„Okay. Wenn's dir keinen Spaß macht, warum machst du's dann?"

„Weil ich das Geld brauche, du Trottel. Weil ich froh sein muss, dass ich wenigstens meinen Job noch habe. Ich hab nämlich keinen sicheren Beamtenposten wie du."

„Und dein süßer Schwede?"

„Mein süßer Schwede war erstens ein Norweger, du Trottel, und zweitens ist er mir egal. Aber vielleicht hätte ich mir besser um ihn Sorgen machen sollen, statt wegen dir auf meinen freien Vormittag zu verzichten. Gott, bin ich blöd. Statt auszuschlafen, fahre ich extra zu dir, um zu sehen, wie's dir geht, weil dein

Handy hast du ja schlauerweise ausgeschaltet. Und jetzt muss ich mir von dir diese Scheiße anhören!"
„Du Trottel."
„Was?"
„Du Trottel. Hast du vergessen. Wolltest du doch noch dazusagen."
„Genau. Du Trottel."
Wagner drehte sich um. Christina war weiß im Gesicht und zitterte am ganzen Körper.
„Du hast Recht, Chris. Ich bin wirklich ein Trottel."
Über Christinas Gesicht huschte ein Lächeln. Wagner streckte seine Arme nach Christina aus und zog sie langsam an sich. Ihr Rücken fühlte sich hart an, und ihre Arme hingen steif herunter. Aber ganz langsam entspannte sie sich.
„Ich bin ein Narr, Chris."
„Idiot."
„Ein komplettes Arschloch."
„Depp."
„Eben ein Trottel."
„Blödmann."
Christina seufzte und schlang ihre Arme um Wagner. Er tauchte sein Gesicht in ihr Haar. Es roch nach Regen, Rauch und ein bisschen nach Schweiß. Ein vertrauter Geruch.
„Ach, Chris."
„Ja, Blödmann?"
„Chris, Chris, Chris."
Er drückte sie sanft an sich und spürte, wie sich sein Körper an den ihren zu erinnern begann. Ein gutes Gefühl. Wie heimkommen nach einer langen Reise.
„Ach, Chris. Chris, Chris, Chris."
Christina löste sich aus seiner Umarmung und lächelte.
„Was ist? Gibt's jetzt endlich Kaffee oder nicht?"
„Klar. Gott, bin ich ein Trottel."

„Komm, das reicht jetzt ..."
Wagner reichte ihr die erste Tasse und wollte die zweite in den Kaffeeautomaten stellen. Christina hielt ihn zurück.
„Warte. Ich hab was für dich."
Sie stellte ihre Tasse ab und lief ins Wohnzimmer. Als sie zurückkam, hatte sie ein triumphierendes Lächeln aufgesetzt und trug mit ausgestreckten Händen eine Tasse wie eine wertvolle Trophäe vor sich her. Eine große, rote Kaffeetasse, auf der in verschnörkelten Buchstaben der Name „Klaus" stand.
„Für dich, Klaus. Die wollte ich dir schon gestern geben."
„Mein Gott, Chris", rief Wagner. „Das ist ja wie Weihnachten und Geburtstag auf einmal!"
„Besser", sagte Christina. „Das ist Versöhnung. Einverstanden?"
„Einverstanden."
Und nachdem sie mit ihren Tassen wie mit Sektgläsern angestoßen und sie in einem Zug ausgetrunken hatten, schenkte Wagner frischen Kaffee nach, und dann gingen sie mit ihren Tassen ins Wohnzimmer. Christina kauerte sich wieder mit angezogenen Beinen aufs Sofa und ließ ihren Blick durch Zimmer wandern.
„Hat sich nicht viel verändert bei dir, oder?"
„Nö. Alles wie gehabt."
„Und bei der Polizei? Irgendwelche aufregenden Fälle?"
„Nicht dass ich wüsste."
„Ehrlich? Nichts?"
„Klar. Wieso fragst du?"
„Na ja, was ist zum Beispiel mit diesen beiden Mädchen? Das ist doch ein Wahnsinn, oder?"
Wagner hob abwehrend die Hände.
„Nein! Fang' du nicht auch noch damit an, Chris! Zwei Ausreißerinnen, sonst nichts. Die tauchen vermutlich ganz von selber wieder auf. Glaub doch nicht alles, was in der Zeitung steht."
„Und wenn's vielleicht doch stimmt?"

„Sicher nicht. Ganz sicher nicht. Kein Wort wahr. Alles nur künstlich hochgespielt. Reine Panikmacherei."
„Das heißt also, ihr nehmt die Sache nicht ernst."
„Natürlich nehmen wir sie ernst."
„Aber möglicherweise nicht ernst genug."
„Also bitte, Chris, was soll das? Willst du jetzt einem alten Polizisten erklären, wie er seine Arbeit zu machen hat oder was? Außerdem hab ich Urlaub. Zweckdienliche Hinweise bitte an die nächste Polizeiinspektion."
„Bitte, Klaus. Werd' nicht ironisch, ja?"
Christina umschlang ihre Knie noch fester, als würde sie dahinter in Deckung gehen, und richtete ihre Augen auf einen Punkt, der in weiter Ferne zu liegen schien, irgendwo jenseits der Wohnzimmerwand.
„Ich hab das nie jemandem erzählt, Klaus. Aber ich weiß, was einem als Mädchen passieren kann. Ich weiß, wie schnell das gehen kann, wenn man nicht aufpasst. Ich weiß, wozu Männer im Stande sind."
„Chris? Du?"
„Ja, Klaus. Ich war damals genau so alt wie die beiden Mädchen. Vierzehn. Aber ich hab gerade noch Glück gehabt. Mehr Glück als meine Freundin Claudia. Einen Schutzengel, wenn du so willst."
Christina löste die Umklammerung ihrer Knie und holte ihre Zigarettenpackung aus der Handtasche.
„Scheiße. Leer."
„Moment. Ich hab noch welche."
Wagner stand auf und brachte aus der Küche Aschenbecher und Zigaretten. Dann zündete er sich zwei Zigaretten an und reichte eine an Christina weiter. Christina nahm einen langen, tiefen Zug, umschlang mit einem Arm wieder ihre Knie, rauchte und blickte auf die Zigarettenglut, aus der sich blasser Rauch kräuselte. Und dann erzählte sie ihre Geschichte.

Die Geschichte von Christina und Claudia, die in Anthering aufgewachsen waren, einem Dorf nördlich der Stadt. Die Geschichte von zwei Freundinnen, die ihren Eltern so lange mit ihren Bitten auf die Nerven gegangen waren, bis die ihnen endlich erlaubt hatten, aufs berühmte Antheringer Feuerwehrfest zu gehen. Zwei Mädchen, die glücklich gewesen waren und ausgelassen und die den Trubel im Festzelt genossen und sich zum ersten Mal in ihrem Leben wie Erwachsene gefühlt hatten. Weil sie zum ersten Mal erlebt hatten, dass ihnen erwachsene Männer Komplimente machten und ihnen sagten, dass sie hübsch sind, und sie auf einen Drink einluden. Zwei Mädchen, die trotzdem vernünftig geblieben waren und immer nur Cola getrunken hatten und Orangenlimonade und Apfelsaft. Ja, sie waren vernünftig gewesen, weil sie ihren Eltern versprochen hatten, keinen Unsinn zu machen und auf sich aufzupassen. Aber sie hatten wohl zu wenig aufgepasst, denn sonst hätte sich Christina nicht plötzlich so schwindlig gefühlt und müde. Und um sie herum hätte sich nicht alles zu drehen begonnen, und sie hätte nicht alles so verschwommen gesehen, die bunten Lichter und Claudia und auch den Mann, der seinen Arm um Claudias Schultern gelegt hatte. Und es wäre ihr auch nicht plötzlich schlecht geworden, so furchtbar schlecht, dass sie nur noch ganz schnell aus dem Festzelt hinaus kommen wollte, torkelnd, kriechend, egal wie, nur schnell hinaus und hinters Zelt, um sich zu übergeben, minutenlang alles auszukotzen, was sie getrunken hatte. Und hinterher wäre Claudia noch da gewesen. Aber Claudia war verschwunden gewesen und auch der Mann. Und sie hatte sie gesucht, auf dem ganzen Festplatz hatte sie ihre Freundin gesucht, aber vergeblich. Erst am nächsten Tag hatte sie Claudia wieder getroffen, aber da war die irgendwie ganz anders gewesen, wie eine Fremde, und hatte nichts gesagt, kein einziges Wort über das, was geschehen war. Und auch Christina hatte nichts gesagt, niemandem hatte sie etwas erzählt, weil sie sich geschämt hatte, und weil ihre Eltern ihr ohnehin kein Wort geglaubt hätten. Blöde Ausreden, hätten sie gesagt, Alkohol hätte sie getrunken, hätten sie ihr vorgeworfen, das wäre ja wohl ganz offensichtlich. Erst vierzehn und schon den ersten Vollrausch, das muss man sich einmal vorstellen, was für ein Wahnsinn. Genieren müsse man sich für sie, und dass sie es gleich gewusst hätten, dass sie in ihrem Alter noch zu unreif sei und zu dumm. Ja, geschwiegen hatte sie, auch als sie ein paar Monate später auf einem Bild in der Zeitung den Mann wieder erkannt hatte. Den Mann, der mit Claudia verschwunden war. Und den man verhaftet hatte, weil er sich in der ganzen Umgebung auf Festen an junge Mädchen herangemacht und ihnen heimlich Betäubungsmittel ins Getränk gegeben hatte, um sie dann in sein Auto zu zerren und im Wald zu vergewaltigen. Und eine Dreizehnjährige hatte er in seinem Haus gefangen gehalten, tagelang missbraucht und schließlich umgebracht, der Mann, der auch Claudia und Christina irgendwas in ihre Limos geschüttet hatte. Und dem sie nur entkommen war, weil ihr Magen auf einmal all das von sich geben musste, was sie an diesem Nachmittag durcheinander getrunken hatte. Christinas schwacher Magen war ihr Schutzengel gewesen. Wer weiß, sonst wäre sie vielleicht schon lange tot. Oder verrückt wie Claudia, die heute noch bei ihren Eltern lebt und Angst vor Menschen hat und immer wieder Schreianfälle bekommt, und keiner weiß, warum.

„So, jetzt weißt du's", sagte Christina und sah Wagner ins Gesicht. „Jetzt weißt du, warum ich finde, dass man solche Sachen gar nicht ernst genug nehmen kann. Was du als Panikmacherei bezeichnest, passiert wirklich. Jeden Tag passiert das. Also bitte, Klaus, ihr müsst die Mädchen finden, du und deine Kollegen. Ganz schnell müsst ihr sie finden. Das musst du mir versprechen, Klaus. Bitte, versprich mir das!"
Wagner schwieg. Was sollte er antworten? Solche Geschichten kannte er zu Dutzenden. Dass eine davon ausgerechnet Chris-

tina zugestoßen war, machte ihn zwar betroffen, aber es änderte nichts daran, dass sie die Ausnahme von der Regel waren. Aber das konnte er Christina natürlich nicht sagen. Nicht jetzt, wo sie sich gerade wieder versöhnt hatten. Nein, solch ein Trottel war er nun wirklich nicht. Und schon gar nicht konnte er ihr sagen, dass seine Kollegen es gar nicht schätzen würden, wenn er sich plötzlich einmischte, noch dazu jetzt während seines Urlaubs.

„Die Polizei tut alles, was in ihrer Macht steht, Chris", sagte er und wunderte sich, wie leicht ihm diese Lüge von den Lippen ging. „Versprochen. Hoch und heilig. Ich werd' mich noch heute persönlich darum kümmern. Verlass dich drauf. Ehrenwort, Chris."

Christina schenkte ihm einen dankbaren Blick. Und jetzt Themenwechsel, dachte Wagner. Bitte, Themenwechsel, das Regenwetter ist schon trist genug.

„Hey, Chris! Ich hab mich ja noch gar nicht richtig bedankt", rief er und machte ein Gesicht, von dem er hoffte, dass es fröhlich aussah. „Meine neue Tasse! Einfach super, wirklich! Danke, danke, danke!"

„Komm, Klaus. Ist doch nichts Besonderes. Gibt's in jedem zweiten Supermarkt."

„Ja, aber dass du daran gedacht hast! Also, für mich ist sie was Besonderes. Einfach, weil sie von dir ist! Das macht sie zum ... zu einem ... na, eben zu was Besonderem ... etwas ganz, ganz Wertvollem!"

„Jetzt übertreib' nicht, Klaus."

Christina lachte. Immerhin, das hatte er geschafft. Jetzt musste er noch eins draufsetzen. Irgendwas, über das sie sich freuen würde. Vielleicht sollte er sie einladen. Nein, nicht zum Essen. Von Gasthäusern hatte sie bestimmt genug. Irgendwas anderes. Herrgott, es konnte doch nicht so schwer sein, sich etwas einfallen zu lassen. Wenn er bloß nicht so ein Stubenhocker wäre. Aber die Zeiten, in denen er abends noch ausgegangen oder irgendwelche Popkonzerte besucht hatte, waren lang vorbei. Heute wusste er nicht einmal mehr, was in der Stadt los war, abgesehen von der Lokalmeile, wo sich an den Wochenenden die Halbwüchsigen betranken und dann regelmäßig zu randalieren begannen, so dass die Kollegen vom Spezialeinsatzkommando ausrücken mussten. Einsiedlerkrebs, so hatte Christina früher immer zu ihm gesagt, du bist ein richtiger Einsiedlerkrebs. Vielleicht war das auch ein Grund, warum sie sich von ihm getrennt hatte, und nicht nur, weil er keine Kinder wollte. Einsiedlerkrebs. Doch jetzt hatte er endlich eine Idee.

„Wie wär's mit Kino, Chris? An deinem freien Abend, ja? Komm, ich lad' dich ein!"

Christina sah ihn erstaunt an.

„Kino? Seit wann interessiert dich Kino, Klaus? Das ist ja ganz was Neues!"

„Ach weißt du ... ich meine ja nur ..."

Christina lächelte und legte den Kopf schief.

„Du bist süß, Klaus."

„Ja? Wirklich?"

„Ja, Klaus. Und irgendwann gehen wir auch ins Kino. Versprochen."

Christina stand auf, zog ihren Pullover an und griff nach ihrer Handtasche.

„Ich muss jetzt. Danke für den Kaffee."

Wagner begleitete sie zur Tür.

„Schade, dass du schon gehen musst."

„Tja."

„Also dann."

„Ja, also dann."

Wagner blieb in der offenen Tür stehen und blickte Christina nach. Sie ging zum Lift und drückte den Knopf. Dann drehte sie sich plötzlich um und kam zurück. Sie führte ihre Hand zum

Mund, küsste die Spitzen von Mittel- und Zeigefinger und drückte sie dann ganz sanft auf Wagners Lippen.

„Danke, Klaus."

„Danke wofür?"

„Fürs Zuhören. Und für das, was du mir versprochen hast."

„Versprochen?"

„Die Mädchen, Klaus. Die Mädchen."

Und dann war der Lift da.

Und auch der Lärm ging wieder los, das Bohren und Hämmern. Wie aufs Stichwort, dachte Wagner. Wie im Film: Die Geliebte verschwindet und das Chaos bricht aus. Er wusste schon, warum er Kino nicht mochte. Es konnte nichts bieten, was das Leben nicht auch zu bieten hatte.

Wann war er eigentlich das letzte Mal im Kino gewesen? Daran konnte er sich gar nicht mehr erinnern. Die meisten Filme kamen ohnehin im Fernsehen, und selbst da zappte er meistens mittendrin auf ein anderes Programm. Als Kind, ja, da hatte er seine Mutter jede Woche um Geld angebettelt, damit er ins Nonstopkino gehen konnte. Nicht wegen der Wochenschauen und der Kulturfilme, sondern wegen „Tom & Jerry" und „Stan & Ollie". Von denen hatte er nicht genug kriegen können. Später dann „Spartacus", „Ben Hur", „El Cid", die ganzen Monumentalschinken, in die war ja jeder gegangen. Sogar „Doktor Schiwago", doch da war nach seinem Geschmack eindeutig zu viel Herz-Schmerz drin. Und natürlich die Aufklärungsfilme von Oswald Kolle, aber die zählten nicht, weil die waren eigentlich kein richtiges Kino. Ja, und ein wirklicher Kinoheld war für ihn überhaupt nur ein einziger: Lino Ventura. Das war ein Typ, der ihm imponiert hatte. Bullig, wortkarg, unbeirrbar und immer souverän. Lino Ventura als Kommissar, da hatte die Unterwelt nichts zu lachen. Wirklich ganz große Klasse, der Mann. Einen wie ihn hat es danach nicht mehr gegeben.

Vater war nie ins Kino gegangen. Tote habe ich im Krieg genug gesehen, hatte er immer gesagt, und das war übrigens auch schon alles gewesen, was er über seine Zeit als Soldat erzählt hatte. Du willst *Äktschn*, Klaus? Bitteschön, da ist die Heckenschere, mit der hast du wohl *Äktschn* genug! Auch das hatte er gesagt. Und Aufregung, hatte er erklärt, Aufregung und Spannung erlebe ich tagtäglich bei meinen Polizeieinsätzen. Als Jugendlicher hatte er sich deshalb immer gedacht, sein Vater würde Schwerverbrecher jagen und knifflige Mordfälle aufklären. Erst später hatte er erfahren, dass Vater in Wahrheit nur im Polizeikommando hinter dem Schreibtisch gesessen war und Spesen für Dienstreisen und Transportbegleitungen aufgelistet und abgerechnet hatte. Warum er dann später selbst Polizist geworden war? Sicher nicht, weil er sich vorgestellt hatte, so zu werden wie sein Vater. Schon eher so wie Lino Ventura. Wie sich bald herausgestellt hatte, die einzige Vorstellung, die im Kino besser gewesen war als im wirklichen Leben. Er war ein kleiner, unbedeutender Polizist geworden, und wenn er in den Spiegel blickte, musste er feststellen, dass er seinem Vater sogar äußerlich immer ähnlicher wurde, und das erschreckte ihn.

Aber möglicherweise erklärte es, warum seine Mutter ihn immer häufiger für seinen Vater hielt. Schmalspurpsychologie. Was wusste er schon davon, was in seiner Mutter vorging. Was wusste er überhaupt von seiner Mutter? Dass sie als Mädchen eine schöne Stimme gehabt und davon geträumt hatte, Opernsängerin zu werden, das hatte sie ihm einmal erzählt. Aber dass das Leben halt etwas anderes mit ihr vorgehabt hatte, und dass man das Leben nehmen muss, wie es kommt. Den Krieg, die Liebe, das Haus, die Kinder. Und sonst? Was wusste er sonst von ihr? Sie war einfach immer nur seine Mutter gewesen. Einfach da. Ganz selbstverständlich. Nichts, worüber er jemals groß nachgedacht hätte, außer, wenn ihm irgendetwas nichts gepasst hatte. Und jetzt war sie eine alte Frau. Eine alte Frau in einem alten Haus mit alten Gedanken und einem alten Leben, das langsam in seine

Bestandteile zerfiel und durcheinander geriet wie Puzzlesteine. Man muss das Leben nehmen, wie es kommt, hatte sie gesagt. Wer war er, um sich in ihr Leben einzumischen, von dem er nichts wusste?

Wagner blickte aus dem Fenster. Der Regen hatte aufgehört, und die Sonne brach durch die Wolken. Schon wieder wie im Kino, dachte er. Irgendwie melodramatisch. Chris würde es vermutlich gefallen.

Ein grauer Tag. Was für ein schrecklich grauer Tag! Regen prasselte unablässig gegen die Fensterscheiben. Wie ein Echo der Hoffnungslosigkeit, die Maria Wagner schon seit dem Morgen quälte.
Der Bluterguss über ihrem rechten Auge wollte nicht abklingen. Nicht einmal die Haussalbe aus der Biberapotheke half, und die war doch sonst ein richtiges Wundermittel. Wenn sich ihr Mann bei der Arbeit am Haus oder im Garten die Hand verletzt hatte, oder wenn Klaus mit aufgeschürften Knien von der Schule nachhause gekommen war, ein bisschen Haussalbe drauf, und schon war alles in kürzester Zeit wieder verheilt. Nur bei diesem Bluterguss mit der kleinen Platzwunde in der Mitte schien die Haussalbe nichts zu nützen. Und das war nicht gut, nein, das war gar nicht gut. Weil ihr Sohn würde sicher wieder von ihr wissen wollen, wo sie sich diese Wunde zugezogen hatte. Und dann müsste sie wieder beteuern, dass sie sich daran nicht erinnern könne. Ein Mensch, der seine fünf Sinne noch beieinander hat, weiß doch, wann und wo er sich verletzt hat, würde er sagen. Und sie wusste, sie würde wirklich den Eindruck machen, als würde sie langsam verblöden. Aber genau das durfte er auf keinen Fall von ihr denken.
Aber wenn ich ihm die Wahrheit sage, dachte Maria Wagner, wenn ich ihm erzähle, dass mich eine dieser Pflegerinnen geschlagen hat, eines dieser verfluchten Weiber, die er mir ins Haus geschickt hat, dann wird er mir erst recht nicht glauben. Dieses Biest, das mich damals bestohlen hat, hat er ja auch in Schutz genommen. Hat gesagt, ich bilde mir das alles nur ein. Also, was

soll ich tun, damit ich in seinen Augen nicht dastehe wie eine schwachsinnige, alte Frau?
Maria Wagner zermarterte sich das Gehirn. Sie musste unbedingt einen Ausweg finden, irgendeine harmlose Begründung für ihre Verletzung. Etwas, das ihren Sohn überzeugen würde, weil sie es ihm beweisen könnte. Irgendwas, das jedem Menschen passieren konnte.
Sich den Kopf anstoßen zum Beispiel. Ja, das war gut. Sie hatte sich den Kopf angestoßen. Gegen die offene Küchentür war sie gerannt. Damals in der Nacht, als sie aufgestanden war, um in der Küche ein Glas Wasser zu trinken. Hatte kein Licht gemacht, und im Dunkeln hatte sie nicht bemerkt, dass die Tür offen gestanden war. Ein bisschen nachtblind eben, da gewöhnen sich die Augen nicht so schnell an die Dunkelheit. Da erkennt man die eigene Hand nicht vor den Augen. Und so war es dann passiert. Einfach mit dem Kopf gegen die Türkante. Mit voller Wucht. Hatte fürchterlich weh getan, sogar ein wenig schlecht war ihr geworden, aber nur ganz kurz. Deshalb hatte sie sich gleich wieder ins Bett gelegt, mit einem nassen Handtuch auf der Stirn. Erst am Morgen hatte sie das Blut bemerkt. Auf dem Handtuch und auf ihrem Kopf. Und dann auf der Tür. Hier, der kleine dunkle Fleck an der Kante, da hatte sich das Blut ins Holz eingesaugt. Hier, genau hier.
Maria Wagner öffnete die Küchentür, biss die Zähne zusammen und schlug ihren Kopf gegen die Kante. Ein stechender Schmerz. Sie schrie auf, sank zusammen, kniete vornüber gebeugt auf dem Küchenboden und presste ihre Hände gegen ihre Stirn. Sie hatte das Gefühl, sich übergeben zu müssen, und in ihrem Kopf breitete sich ein dumpfes, quälendes Pochen aus. Es dauerte eine ganze Weile, bis sie wieder aufstehen und sich ins Badezimmer schleppen konnte. Sie stützte sich am Waschbecken ab und sah in den Spiegel.
Ja, sie hatte genau getroffen. Die Platzwunde hatte sich wieder

geöffnet, und eine dünne Blutspur zog sich herunter bis zur rechten Augenbraue und weiter über die Schläfe. Sie wusch das Blut vorsichtig mit kaltem Wasser ab, griff nach dem Tiegel mit der Haussalbe und schmierte sie fingerdick auf die offene Wunde. Das Blut verfärbte die dicke weißgelbe Schicht hellbraun, aber der Blutfluss stockte. Nur der pochende Schmerz hielt an.

Maria Wagner ging zurück zur Küche und suchte die Kante der Tür ab. Und da war er, der dunkle Blutfleck auf dem Holz. Sie atmete auf. Jetzt hatte sie den Beweis. Jetzt musste ihr Sohn ihr einfach glauben. Jetzt hatte er keinen Grund mehr, an ihrem Verstand zu zweifeln. Die Schmerzen konnte sie aushalten, Hauptsache, ihr Sohn würde sie in Ruhe lassen.

Vielleicht würde er heute ohnehin nicht kommen. Es regnete, und da war er nicht gern mit dem Fahrrad unterwegs. Ludwig hatte ihn deshalb immer ausgelacht. Hatte ihn gefragt, ob er aus Zucker sei. Nein, heute würde er bestimmt nicht kommen. Und das war auch besser so. Sie hatte genug von seinen Vorwürfen. Genug davon, dass er sich ständig in ihr Leben einmischte. Dass er immer alles besser wissen wollte und ihr Angst machte. Nein, heute nicht. Sie konnte jetzt eine Kopfschmerztablette nehmen, sich ins Bett legen und in Ruhe schlafen. Und das war gut. Ja, das war sogar sehr gut.

Der Garten dampfte. Im Regen hatte sich der Boden voll gesogen, Millionen Tropfen glitzerten auf den Blättern, und jetzt verdunstete die schwere Feuchtigkeit in der Mittagssonne. Es roch nach warmer, nasser Erde, warmer, nasser Wiese, warmen, nassen Sträuchern und Bäumen, ein guter Geruch, der in Wagner Erinnerungen weckte. Erinnerungen an einen Kindheitssommer, einen Sommer vor fünfzig Jahren, seinen großen, glücklichen Urwaldsommer.Es war der schönste Sommer seines Lebens gewesen, kein Sommer danach war daran herangekommen, kein Urlaub am Meer, keine Fernreise. Dieser Sommer war einfach perfekt gewesen, unschlagbar, obwohl er nur zwei Wochen gedauert hatte. Zwei Sommerferienwochen, in denen Wagner der unumschränkte Herrscher des Gartens gewesen war.

Wagners Vater hatte damals einen Blinddarmdurchbruch erlitten und war im Spital gelegen. Julia war zur selben Zeit von rätselhaften Fieberanfällen heimgesucht worden und hatte hinter zugezogenen Vorhängen in ihrem Zimmer liegen müssen. Und Wagners Mutter war den ganzen Tag im Einsatz gewesen. Entweder hatte sie Julia mit Fieber senkendem Tee und kalten Essigumschlägen versorgt, oder sie war ins Krankenhaus gefahren, um Vater zu besuchen.

Vater und die kleine Schwester außer Gefecht gesetzt in ihren Krankenbetten und Mutter ausschließlich in Sorge um die beiden, etwas Besseres hätte ihm damals gar nicht passieren können, dachte Wagner und spürte plötzlich wieder einen Hauch dieses unglaublichen Freiheitsgefühls, das er als Neunjähriger erlebt

hatte: Endlich kein Vater, der ihm ständig vorschrieb, was er zu tun und zu lassen hatte. Endlich keine Schwester, mit der er sich abgeben musste. Endlich keine Mutter, die ihn dauernd zur Ordnung rief. Endlich ein bisschen Chaos – obwohl er dieses Wort damals noch gar nicht gekannt hatte.
Wagner zog seine Schuhe und Socken aus, krempelte seine Hosenbeine hoch und lief durchs kniehohe nasse Gras. So einfach kann Glück sein, dachte er, so verdammt einfach! Ein paar Sträucher, die wild zu wuchern beginnen, kaum dass ihnen niemand mehr mit der Gartenschere zu Leibe rückt, und hinter denen man sich verstecken und sein Dschungellager einrichten kann, in dem man dann ungestört tagelang auf einer alten Decke auf der Erde liegen darf und nichts zu tun hat, als durch die Blätter in den Sommerhimmel zu blinzeln und zu träumen, bis die Apfelbäume und die Zwetschkenbäume und die Stachelbeerstauden zum Urwald werden und die Baumstämme zu Elefantenbeinen, die Regenwürmer zu Riesenschlangen und Nachbars Katze zum Panther, auf den man dann anlegt und peng! peng! peng! auf Jagd geht, Herrgott, mehr braucht ein Neunjähriger doch nicht! Und wenn es dann noch eine Wäscheleine gibt, vom Lederapfelbaum zum Weichselbaum gespannt und mit einem alten Leintuch als Zelt darüber, in das man sich jede Nacht aus seinem Zimmer schleicht, heimlich und mit dem Bettzeug unterm Arm, und aus dem man jedes Mal nach drei Stunden wieder reumütig in sein Bett zurückkehrt, weil einem so gruselt vor den unheimlichen, fremden Nachtgeräuschen im Freien und den Spinnen und Käfern, die einem übers Gesicht krabbeln könnten, nur in der letzten Nacht nicht, da schläft man tatsächlich draußen im Garten und wird erst von einem leichten Morgenregen geweckt, und man hat Erde zwischen den Zähnen und jede Menge Insektenbisse im Gesicht, aber man fühlt sich als Held, verflucht, welcher Sommer könnte ein größeres Abenteuer sein!
Wagner ließ sich in die Wiese fallen, unter den Lederapfelbaum,

der da stand und mehr als ein halbes Leben später immer noch die Stellung hielt, als hätte er auf Wagner gewartet. In diesem Garten, der sich in den letzten beiden Jahren tatsächlich in einen Urwald zu verwandeln begann.

Man sollte den Dingen vielleicht überhaupt viel mehr ihren Lauf lassen, überlegte Wagner. Abwarten und zuschauen, was geschieht. Im Garten. Im Leben. Was abstirbt, stirbt ab, was austreibt, treibt aus, und am Ende wird alles gut. Und je länger er so in der Wiese lag und über alles nachdachte, in den Augen nichts als Baumgrün und Himmelblau und den Kindersommergeruch in der Nase, desto besser gefiel ihm, was er dachte.

Es lief ja auch heute wirklich alles bestens für ihn. Und nichts davon hatte er geplant oder irgendwie beeinflusst. Weder Christinas Besuch, noch, dass sie ihm offenbar wieder vertraute, ihn vielleicht sogar mochte, und schon gar nicht, dass er Christina schon heute von den neuesten Fortschritten würde berichten können, die es bei der Suche nach den beiden Mädchen gab.

Dabei hatten ihm die Kollegen zuerst einen gewaltigen Schrecken eingejagt. Nachdem der Regen aufgehört hatte und der Baulärm unter seiner Wohnung unerträglich geworden war, hatte sich Wagner doch kurz entschlossen wieder mit dem Fahrrad auf den Weg zu seinem Elternhaus gemacht. Unterwegs hatte er dann überlegt, ob es vielleicht doch klüger wäre, heute nicht bei seiner Mutter aufzukreuzen, nach der ganzen Aufregung und dem Kummer, den sie einander gestern bereitet hatten. Und als er gerade den Entschluss gefasst hatte, lieber einfach weiterzufahren und den Tag für eine kleine Radtour zu nützen, hatte er in einiger Entfernung ein Polizeifahrzeug gesehen, das in die Straße einbog, in der seine Mutter wohnte. Um Himmels Willen, hatte er gedacht, nicht schon wieder! Welche Verrücktheit hatte sich seine Mutter denn nun wieder geleistet? Oder war ihr gar etwas zugestoßen, hatten Nachbarn die Polizei alarmiert?

Wagner hatte erleichtert aufgeatmet, als er ein paar Minuten später beim Haus seiner Mutter eingetroffen war. Kein Polizeiwagen vorm Gartentor. Die Kollegen waren offenbar weitergefahren. Und aus reiner Neugier war auch Wagner weitergeradelt und in die nächste Straße eingebogen. Nichts. Doch eine schmale Querstraße weiter hatte er sie dann gesehen. Drei Polizeifahrzeuge vor einem Grundstück. Und die Straße hatte Wagner natürlich gekannt. Es war der Gartenweg. Und da wohnte Karl M., der „Frankenstein vom Gartenweg“, da wohnte Karl Moser. Also doch. War der Druck durch die Öffentlichkeit also tatsächlich so groß geworden, dass sich die Kollegen zu einer Überprüfung gezwungen gesehen hatten?

Sei froh, dass du Urlaub hast, hatte Cerny, der Dienststellenleiter, zu Wagner gesagt und ihn davon abgehalten, ins Haus zu gehen. Das ist eine ziemliche Scheiße hier, die musst du dir nicht anschauen. Wenn ich vor einer Stunde gewusst hätte, was uns hier erwartet, hätte ich nicht zuerst die beiden jungen Kolleginnen hergeschickt, damit sie eine Routinekontrolle durchführen. Wirklich reine Routine, hab ich gedacht. Kurz bei dem alten Mann nach dem Rechten sehen, nachdem der weiß der Teufel wievielte anonyme Anrufer behauptet hat, dass er die beiden vermissten Mädchen ein paar Mal hier in der Gegend gesehen hat. Schaut euch ein bisschen um, hab ich gesagt, schreibt ein Protokoll und dann ist hoffentlich endlich Schluss ist mit diesen Verdächtigungen. Und jetzt das! Der reinste Horror, kann ich dir sagen. Die Kolleginnen sind völlig fertig mit den Nerven. Und mir hat's auch fast den Magen umgedreht, wenn ich ehrlich bin. So eine verdammte Scheiße, also wirklich.
Die Mädchen? hatte Wagner gefragt.
Nein, hatte Cerny geantwortet. Keine Spur von den Mädchen. Aber Moser ist tot. Muss schon seit weiß wie lang tot in seinem Bett liegen. Und ich sag dir, so wie es ausschaut, hat der sich umgebracht. Muss irgendwas geschluckt haben. Liegt da, als hätte

er sich selber aufgebahrt. Hat die Augen weit aufgerissen und macht ein Gesicht, als würde er grinsen. Als würde er uns alle noch als Toter auslachen. Scheußlich, sag ich dir. Und in seiner Hand hält er einen Zettel, auf dem steht so was wie „Gottes Zorn“ und „Mein Haus ist die Hölle“ und „Sucht die Kinder des Teufels“ oder so ähnlich. Unterschrieben mit „Doktor Frankenstein“. Der Mann ist verrückt geworden, wenn du mich fragst. Und das Zimmer ist total versaut, alle Wände mit Kot beschmiert, und es stinkt, das kannst du dir nicht vorstellen. Wie gesagt, sei froh, dass du damit nichts zu tun hast. Für uns fängt die Arbeit jetzt erst richtig an. Das ganze Haus durchsuchen und so, du kennst das ja. Unsere lieben Freunde vom Landeskriminalamt rühren ja erst dann einen Finger, wenn wir fast die ganze Arbeit schon gemacht haben. Also dann, Klaus, schönen Urlaub. Falls wir dich brauchen, melde ich mich.

Unglaublich, dachte Wagner, da macht man sich verrückt, nur weil Mutter manchmal nicht mehr ganz richtig tickt, und ein paar Häuser weiter spielt sich die wirkliche Tragödie ab. Denn dass der Fall irgendwie tragisch ist, das ist ja wohl offensichtlich. Obwohl man jetzt natürlich noch gar nichts Genaues wissen kann. Aber wenn sogar einer wie Cerny Nerven zeigt, den gewöhnlich nichts so schnell umhauen kann, dann muss die Geschichte schon richtig übel ausschauen. Scheißjob, den wir Polizisten haben, wirklich. Und die Zeitung wird natürlich jubeln, wenn sie davon Wind bekommt. Wird behaupten, wenn sie nicht den alten Fall Moser ausgegraben hätte, wäre die Polizei nie auf die Idee gekommen, Mosers Haus zu überprüfen, und dann hätte man Mosers Leiche wahrscheinlich wochenlang nicht entdeckt. Und im Grunde stimmt das ja auch, verfluchter Mist! Wenn er es sich recht überlegt, muss er den Zeitungsheinis sogar noch dankbar sein. Denn ohne ihr Geschmiere würde er heute nicht so gut vor Christina dastehen können. Kein Nachteil ohne einen Vorteil, es ist wirklich zum Lachen. Natürlich wird er Christina nicht alles erzählen. Wird ihr die unappetitlichen Details ersparen. Wird die Geschichte auf den Punkt bringen, der für Christina offenbar der wichtigste ist und der sie beeindrucken wird: Dass die so genannte Sexbestie schon seit einiger Zeit tot ist, dass in seinem Haus keine Spur von den Mädchen zu sehen war, und dass die polizeilichen Ermittlungen mit Hochdruck laufen. Das sind doch gute Neuigkeiten, oder? Auf die Polizei ist eben doch Verlass. Du siehst, kein Grund zur Panik, Christina. Alles wird gut.

Wagner setzte sich auf und zog sein T-Shirt aus. Es war in der regennassen Wiese am Rücken feucht geworden und hatte ein paar Grasflecke abbekommen. Vor fünfzig Jahren wäre *das* eine Tragödie gewesen. Mutter hätte daraus ein Drama gemacht, und von Vater wäre er mit tagelanger Verachtung, mit Schweigen und beleidigten Blicken dafür bestraft worden, dass er auf seine Sachen nicht aufpasste. Wie damals, als sie die Schmutzflecke in der Bettwäsche entdeckt hatten, mit der er heimlich sein Nachtlager im Garten aufgeschlagen hatte. Die gehen nie wieder raus, hatte Mutter gejammert. Und Vater hatte erklärt, dass er von ihm zutiefst enttäuscht sei, weil er die Situation ausgenutzt habe, um solche Blödheiten anzustellen, statt Mutter zu helfen und sich um Julia zu kümmern. Einen nichtsnutzigen Lümmel hatte ihn Vater genannt und hinzugefügt, dass er nun andere Seiten aufziehen werde, jetzt, wo er wieder zurück sei aus dem Krankenhaus. Und das war dann auch das abrupte Ende seines großen, glücklichen Urwaldsommers gewesen, denn Vater hatte wieder die Herrschaft übernommen, über den Garten, über das Haus, über alles.

Nie wieder, dachte Wagner. Nie wieder! War er denn nicht endlich alt genug, um sich davon zu befreien, Sohn zu sein? Verdammt noch einmal, das war er! Wagner ließ sich wieder auf den Rücken fallen, streckte sich lang im Gras aus, grinste, kicherte,

lachte und brach schließlich in ein trotziges Triumphgeheul aus und trommelte mit seinen Fäusten und Fersen auf den Boden. Am liebsten hätte er sich wie ein junger Hund im Gras gewälzt und dann an jeden Baumstamm und hinter jeden Strauch gepinkelt, und so den Garten wieder in seinen Besitz genommen. Den Garten, der ihm heute zeigte, ihn spüren und riechen ließ, dass er auf ihn gewartet hatte.
Heute der Garten. Irgendwann das Haus. Und, wer weiß, vielleicht auch einmal Christina. Die Dinge geschehen, oder sie geschehen nicht. Man muss sie auf sich zukommen lassen. Am Ende wird alles gut.
Wagner blickte hinüber zum Haus. Dort rührte sich nichts. Die Fensterläden des Schlafzimmers waren geschlossen. Wie immer, wenn Mutter während des Tages schlief. Solange sie schlief, ging es ihr gut. Das war beruhigend. Außerdem hatte er nach wie vor keine Lust, sie zu sehen. Für ihn war der Tag bis jetzt schon ereignisreich genug gewesen.
Er würde jetzt zu sich nachhause fahren und einen anständigen Kaffee trinken. Stark, schwarz und mit viel Zucker – und vor allem aus Christinas wunderbarer, neuer, roter Kaffeetasse. Und später würde er Christina die gute Nachricht von Mosers Tod überbringen. Ach ja, und in ein Sportgeschäft würde er auch noch gehen und ein kleines Zelt und einen Schlafsack kaufen. Darin würde er dann im Garten schlafen. In seinem Garten. Vielleicht schon heute Nacht.

Was war nur in ihn gefahren? Wieso hatte er plötzlich kehrt gemacht, hatte keinen Schlafsack und kein Zelt gekauft, war nicht in seine Wohnung gefahren, erzählte nicht gerade Christina die großartige Neuigkeit von Mosers Tod, sondern saß seit Stunden hier an seinem Schreibtisch in der Polizeiinspektion? Welcher Teufel hatte ihn geritten, dass er auf einmal nicht anders konnte, als im Archivschrank nach der alten Akte Karl Moser zu suchen? Wozu sollte das gut sein, was glaubte er zu finden in den Vernehmungsprotokollen und Untersuchungsberichten von damals? Welchen Sinn hatte es, all das wieder und wieder zu lesen, was er vor fünfzehn Jahren selber geschrieben hatte? Welche Informationen, welche Erkenntnisse sollte er ihm liefern, dieser Packen Kanzleipapier, der schon leicht vergilbt war und nach Staub roch? Nichts, was er nicht ohnehin schon wusste. Dass Karl Moser ein armes Schwein war, dem das Leben übel mitgespielt hat. Dass seine Frau und seine kleine Tochter vor vielen Jahren auf einem Fußgängerübergang von einem betrunkenen Autofahrer über den Haufen gefahren wurden und noch an der Unfallstelle starben. Dass Moser sich von diesem Schock nie mehr erholt hat und seither völlig zurückgezogen in seinem Haus lebte. Dass er seinen Lebensunterhalt als Tierpräparator bestritt und im Auftrag von Naturkundemuseen, wissenschaftlichen Sammlungen und Privatpersonen tote Tiere ausstopfte, Schaustücke und Jagdtrophäen. Dass diese Tätigkeit von vielen Menschen als etwas Abstoßendes, ja Unheimliches empfunden wurde, und die Leute bald irgendwelche Schauermärchen über Moser verbreiteten, er würde Katzen und Hunde in der Umgebung einfangen und ihnen dann die Köpfe abschneiden und ähnlichen Unsinn. Und dass Eltern irgendwann sogar ihren Kindern im Spaß damit drohten, wenn sie nicht brav wären, würde man sie zum „Doktor Frankenstein" bringen, wie sie Moser inzwischen nannten, weil der würde auch kleine Kinder umbringen und ausstopfen.

Das alles wusste Wagner. Und er hatte seinerzeit auch herausbekommen, dass es nichts als diese dummen, verantwortungslosen, haarsträubenden Horrorgeschichten gewesen waren, welche die zwei kleinen Mädchen darauf gebracht hatten, zu behaupten, Moser habe sie in sein Haus gelockt und dort schlimme Sachen mit ihnen angestellt und dann gesagt, dass sie niemandem etwas davon erzählen dürften, sonst würde er sie in der Nacht holen und ihnen die Köpfe abschneiden. Aber bei der Gegenüberstellung hatten die Kinder Moser nicht einmal erkannt. Und als sie schließlich zugegeben hatten, dass sie sich alles nur ausgedacht hatten, um sich wichtig zu machen und vor ihren Schulfreundinnen damit anzugeben, war es schon zu spät gewesen. Denn Moser war von der Presse bereits als Kinderschänder und gefährlicher Triebtäter abgestempelt worden. Und so ein Stigma bleibt an einem haften, auch wenn man sich als unschuldig herausstellt. Moser war danach endgültig zum psychischen Wrack geworden, hatte seinen Beruf aufgegeben und seither von einer kleinen Rente gelebt. Und mit der Zeit, so schien es, war dann doch gnädig Gras über die Sache gewachsen und „Doktor Frankenstein vom Gartenweg" war in Vergessenheit geraten.

Also, was sollte es Wagner bringen, dass er jetzt die Bilder anstarrte, die der Erkennungsdienst von Karl Moser gemacht hatte? Wonach suchte er im Gesicht dieses schmächtigen, blassen Mannes, in seinen verängstigten Augen? Was sollten sie ihm erzählen, diese Augen des damals Vierundsechzigjährigen, der verstört in die Kamera des Polizeifotografen blickte? Die Wahrheit?

Und was, wenn sich diese Wahrheit als etwas ganz Fürchterliches herausstellte, jetzt nach fünfzehn Jahren und im Licht der jüngsten Ereignisse? Wenn die Wahrheit hieß: Klaus Wagner, du hast damals Mist gebaut. Du hast deine Arbeit nicht richtig gemacht und nicht objektiv ermittelt. Du hast den Kindern nämlich von vornherein kein Wort geglaubt, und das nur, weil du Kinder nicht magst. Auch wenn dir das vielleicht gar nicht bewusst war, hast du es trotzdem nur darauf angelegt zu beweisen, dass die Mädchen lügen. Aber sie haben nicht gelogen, Klaus Wagner, sie haben die Wahrheit gesagt. Doch du hast sie mit deinen Fragen verängstigt und durcheinander gebracht, und deshalb haben sie sich ganz schnell in solche Widersprüche verwickelt, dass schließlich sogar die Psychologin die Aussagen der Kinder angezweifelt hat. Und jetzt, Klaus Wagner, jetzt hat der Mann, dem du die Unschuld bescheinigt hast, wieder zugeschlagen. „Mein Haus ist die Hölle. Sucht die Kinder des Teufels." Diese Botschaft war für dich, Klaus Wagner. Und, dämmert dir was? Ahnst du die Wahrheit?

Die Wahrheit! Ja, glaubte er tatsächlich, es könnte die Wahrheit sein, was er sich da zusammenphantasierte? Natürlich war es möglich, dass Moser eine tickende Zeitbombe gewesen war, und dass man die vermissten Mädchen in seinem Haus finden würde, eingekerkert, missbraucht, gequält, vielleicht tot. Aber Moser war jetzt fast achtzig. Ein schwacher, alter Mann, ein Greis, der zwei Vierzehnjährige in seine Gewalt bringt? Sie vergewaltigt? Ziemlich unwahrscheinlich. Da war es doch genauso möglich, dass Moser tatsächlich unschuldig war und jetzt in der Zeitung von den neuerlichen Verdächtigungen gelesen hatte und keinen anderen Ausweg mehr gesehen hatte, als freiwillig in den Tod zu gehen. Einen Tod, den er so inszeniert hatte, dass die, die ihn entdecken würden, das ganze teuflische Ausmaß an Grausamkeit, Wahnsinn und Zynismus erkennen müssten, das sein Leben zur Hölle gemacht hatte.

Sinnlose Überlegungen. Sinnlose Selbstquälerei. Sinnlose Gedanken, die sich in Wagners übermüdetem Gehirn im Kreis drehten. Er hatte in den letzten vierundzwanzig Stunden so gut wie nicht geschlafen. Und jetzt rächte sich sein Verstand dafür mit einer heillosen Verwirrung, in der Schuldgefühle, Zweifel und absurde Ängste ein wahres Massaker unter den klaren Gedanken und Gewissheiten anrichteten. Wie in einem Albtraum. Ja, das war es: Wagner hatte einen Albtraum. Er war hellwach und befand sich in einem Albtraum. Eine andere Erklärung gab es einfach nicht für das, was er hier tat.

Es war drei Uhr früh. Wagner stand seit einer halben Stunde unter seiner Dusche und ließ das heiße Wasser an sich herunter rinnen. Er wollte gar nicht mehr damit aufhören, und wenn aus dem Boiler kein heißes Wasser mehr kommen würde, egal, dann würde er eben kalt weiterduschen. Wichtig war nur, dass er endlich den Dreck loswurde, diesen ganzen Mist, der an seiner Haut klebte. Und nicht nur an seiner Haut.
Was soll der Unsinn, hatte Cerny gesagt und ihm die Akte Moser weggenommen, glaubst du, wenn du in der Scheiße von vorgestern herumwühlst, ändert sich irgendwas an der Scheiße von heute?
Und vermutlich hatte Cerny Recht. Ganz sicher sogar. Es half jetzt niemandem, fünfzehn Jahre alte Ermittlungsergebnisse in Zweifel zu ziehen. Dafür war später immer noch Zeit. Jetzt würden Zweifel und Vermutungen nur den Blick auf die Fakten verstellen. Und die waren schrecklich genug.
Entweder hatte Cerny zu seiner gewohnten Professionalität zurückgefunden, oder er war ebenfalls völlig übermüdet gewesen – jedenfalls hatte er keinerlei Emotionen gezeigt, als er mit leiser, ruhiger Stimme über den aktuellen Stand der Untersuchungen in Mosers Haus berichtet hatte.

Zunächst Mosers Leiche. Außer einem kleinen Hämatom am Kopf keine äußeren Verletzungen. Todeszeit vermutlich vor etwas mehr als einer Woche. Todesursache unbekannt. Am Boden unter Mosers Bett ein Fläschchen mit dem Rest einer unbekannten Flüssigkeit. Also möglicherweise Suizid. Genaueres nach der Obduktion.

Ist er eigentlich niemandem abgegangen?
Offenbar nicht. Keine Angehörigen, soviel wir bis jetzt wissen. Hat völlig allein gelebt. Hat sein Haus in letzter Zeit nie verlassen, sagen die Nachbarn. Keine Kontakte. Hin und wieder ist ein Lieferwagen von so einer Firma gekommen, die Tiefkühlessen gebracht hat. Die Leiche hätte vermutlich noch wochenlang im Haus liegen können, bevor jemandem was aufgefallen wäre. Kümmert sich ja keiner um den anderen. Jeder lebt für sich, jeder stirbt für sich. So ist das halt heutzutage. Und Moser war außerdem ein Sonderling, mit dem erst recht niemand etwas zu tun haben wollte. Schon gar nicht die Leute in der Umgebung, bei denen immer noch die alte Geschichte mit den kleinen Mädchen im Kopf herumgeistert. So was hält sich. Nicht nur bei alten Polizisten.
Okay, okay. Was ist mit dem Zettel?
Du meinst den Zettel, den Moser in der Hand gehalten hat? Vielleicht ein Abschiedsbrief oder ein verschlüsseltes Geständnis. Könnte also ein Indiz dafür sein, dass wir es mit einem Verbrechen zu tun haben.
Sandra und Daniela?
Kann sein, kann auch nicht sein. Bis jetzt keine konkreten Spuren. Auch kein verstecktes Verlies, wenn du das meinst, Klaus. Aber natürlich suchen wir weiter. Wenn es sein muss, werden wir alle Mauern und Böden im Haus aufreißen. Und den Garten umgraben. Das Landeskriminalamt weiß schon Bescheid.
Und die Spurensicherung? Fingerabdrücke? DNA-Material?
Das wird schwer. Auf alle Fälle haben wir die Eltern der beiden Vermissten um Gegenstände gebeten, die den Mädchen gehören. Damit wir Vergleichsmaterial haben. Aber vermutlich wird es Tage dauern, bis wir etwas Verwertbares finden, wenn überhaupt. Das Problem ist der Zustand, in dem sich das Haus befindet. Genauer gesagt, das Zimmer, in dem wir Moser gefunden haben. Völlig verdreckt. Es stinkt nach Urin. An den Wänden einge-

trocknete Fäkalien, als hätte jemand damit irgendwelche Zeichen auf die Tapeten geschmiert.
Zeichen? Welche Zeichen?
Kreise, Kreuze und so fünfzackige Sterne. Pentagramme, oder wie das Zeug heißt.
Pentagramme? Wie vor einem Jahr in dem Fall mit den schwarzen Messen? Diese Geschichte mit den angeblichen Satanisten? Denkst du, das könnte damit was zu tun haben?
Weiß ich nicht, Klaus. Und auf Vermutungen lass ich mich nicht ein. Selbst wenn einiges dafür spricht, dass Moser schwarze Messen abgehalten haben könnte. Zum Beispiel eine tote Katze, die wir im Zimmer gefunden haben. Die Pfoten zusammengebunden und das Fell zum größten Teil verbrannt. Aber tote Tiere waren schließlich Mosers Beruf. Von denen steht eine ganze Menge noch in seinem Haus herum. Dazu präparierte Tierköpfe und reihenweise Gläser mit in Formalin konservierten Organen. Sieht zwar aus wie das reinste Gruselkabinett, lässt aber natürlich derzeit überhaupt keine Rückschlüsse auf irgendwelche kriminellen Handlungen zu.
Ich erinnere mich. Wie vor fünfzehn Jahren. Und die beiden Totenmasken von seiner Frau und seiner Tochter, gibt's die auch noch?
Ja. Liegen auf einem Podest auf schwarzen Samttüchern. Mit Kerzen drum herum. Wie ein Altar. Aber das ist ja wohl auch nichts, was uns bei der Ermittlungsarbeit hilft.
Doch.
Was meinst du, Klaus?
Er hat ihren Tod einfach nicht verkraftet. Ist sein Leben lang nicht damit fertig geworden. Und jetzt hat er durchgedreht. Ein Ritual, irgendein wahnsinniges Ritual. Wir hätten auf den Mann aufpassen müssen. Verdammt, wir hätten wissen müssen, dass so etwas passieren kann. Ich – ich hätte es wissen müssen ...

Da war Cerny von seinem Sessel aufgesprungen und hatte gebrüllt: Verschwinde, Klaus! Hau ab nachhause, aber ganz schnell, ja! Geh schlafen! Ich weiß ja nicht, was auf einmal mit dir los ist, aber mit deinen idiotischen Phantastereien beleidigst du meine Intelligenz! Fakten, Klaus! Fakten!!

Okay, großer Dienststellenleiter, du bist der Chef, dachte Wagner, und das Wasser aus der Dusche war jetzt kalt, eiskalt. Halten wir uns also an die Fakten. Und zwar an die Fakten, die für mich entscheidend sind. Erstens, die beiden abgängigen Mädchen sind nicht gefunden worden, also können sie nach wie vor demnächst wieder putzmunter zuhause aufkreuzen. Zweitens, ob ich vor fünfzehn Jahren im Fall Moser einen Fehler gemacht habe, ist reine Spekulation, und wenn ja, dann wäre ich, drittens, schön blöd, es auch noch zuzugeben, weil ich dann bei Christina ganz sicher nicht mehr die geringste Chance hätte. Danke, Cerny, danke für die kalte Dusche. Und übrigens: Lino Ventura hätte das sicher auch so gesehen.

Wagner rieb sich mit einem Frotteehandtuch ab. Als er bemerkte, dass er zufällig genau das Handtuch verwendete, mit dem sich Christina ihre regennassen Haare getrocknet hatte, nahm er das als ein Zeichen: Das Handtuch, das ihr Haar berührt hatte, berührte jetzt seine Haut. So nahe waren sie sich schon lange nicht mehr gewesen. Wagner musste lächeln. Auf einmal war es wieder da, dieses wunderbare Gefühl. Einfach so, ohne dass er etwas dazu getan hatte.
Chris, Chris, Chris.
Wagner rollte das Handtuch zusammen und nahm es mit ins Bett. Er kroch unter die Decke und drückte das Handtuch an sich, als würde er einen warmen, feuchten Körper umarmen. Er schloss die Augen.
Noch keine vierundzwanzig Stunden war es her, da hatte ihn das

Gespenst seiner toten Schwester heimgesucht. Und dann hatten sie sich abgewechselt, die Lebenden und die Toten. Doch am Ende gewonnen haben die Lebenden. Das spürte er. Das waren die Fakten.

Was für ein Tag.

Liebes Tagebuch! Heute bin ich nach der Schule mit dem Fahrrad gefahren. Da habe ich auf einmal die Straße gesehen wo das Haus ist, in dem wir Hexe gespielt haben. Wie ich zu dem Haus hingefahren bin, waren da ganz viele Polizeiautos und ein Polizist hat zu mir gesagt, dass ich weiterfahren soll weil es da nichts zu sehen gibt für mich. In dem Haus wohnt ein ganz alter Mann. Sandra und Daniela haben gesagt, dass er ein Totmacher ist, der früher einmal ganz schlimme Sachen mit Kindern und mit Tieren gemacht hat und dass wir ihn dafür bestrafen müssen und dass wir alles mit ihm machen können was wir wollen weil wir stärker sind als er, weil wir Hexen sind. Sie haben auch gesagt dass sie schon ein paar Mal da gewesen sind ohne mich aber jetzt darf ich mitkommen, nur sagen darf ich niemandem was davon. In dem Haus sind lauter tote Tiere und zuerst habe ich mich gefürchtet. Auch vor dem Mann habe ich mich zuerst gefürchtet, aber der hat überhaupt nichts getan. Er ist nur in seinem Zimmer gesessen und hat ganz komisch geschaut als er uns gesehen hat. In dem Zimmer sind auch die Gesichter von einer Frau und einem Kind gewesen, die hat er immer angeschaut. Sandra hat mir gesagt, dass der Mann die auch totgemacht hat. Aber uns kann er nicht totmachen, weil wir Hexen sind. Da habe ich mich nicht mehr vor ihm gefürchtet. Ich glaube der Mann hat sich vor uns gefürchtet und das war voll lustig. Der Mann hat eine Suppe gegessen und die Daniela hat hineingespuckt. Sie hat gesagt das ist Hexenspucke und dass wir auch hineinspucken sollen und dass der Mann das essen muss zur Strafe. Aber er hat es nicht essen wollen und da hat ihm Daniela den Teller voll auf den Kopf gehaut aber der Mann hat nur gelacht. Wie wir zum zweiten Mal da waren hat Sandra in ein Glas Hexenpipi gemacht aber der Mann hat es nicht trinken wollen und da hat sie es in sein Gesicht geschüttet und Daniela hat ihm wieder auf den Kopf gehaut und der Mann hat wieder nur ganz komisch gelacht. Wir haben dann überall Hexenpipi hingemacht, das war voll lustig. Sandra und Daniela haben gesagt, nächstes Mal werden wir alles mit Hexengaga vollmachen. Und die Katze von dem Mann werden wir totmachen weil das ein Opfer ist, aber das habe ich nicht verstanden. Ich glaube es war nur Spaß aber ich war nicht dabei das nächstemal, weil ich krank war. Und Sandra und Daniela habe ich seitdem auch nicht mehr gesehen, das ist voll schade. Ich würde irrsinnig gern wieder mit ihnen Hexe spielen. Aber wahrscheinlich spielen sie jetzt woanders Hexe, weil die Polizei ganz sicher den Mann geholt hat und er kommt jetzt ins Gefängnis weil er ein Totmacher ist.

Donnerstag

Wagner kniete vor dem halb ausgegrabenen Holunderstrauch, wühlte mit bloßen Händen in der Erde und zerrte an den Wurzeln. Alles, was er damit erreichte, waren Striemen und neue Risse und Abschürfungen an den Fingern. Die langen, dünnen Wurzeln waren elastisch und zäh und schienen kein Ende zu nehmen, in immer neuen Verästelungen durchdrangen sie den Boden. Der Strauch war zum größten Teil verdorrt, der Rest von schwarzen Blattläusen befallen, doch er klammerte sich ans Erdreich, als hätte er Krakenarme. Wagner erkannte, wenn er dieses halbtote Gewächs loswerden wollte, musste er noch tiefer graben und jede Wurzel einzeln durchschneiden.

Er stand auf, griff nach dem Spaten und markierte einen Kreis rund um den Strauch. Es würde wohl eine ziemlich große Grube werden, die er da ausheben musste, gut drei Meter im Durchmesser und einen Meter tief. Und das nur, um einen abgestorbenen Strauch zu entfernen, dessen Anblick ihn störte? War das nicht ein wenig übertrieben? Abgesehen von der Frage, ob er es überhaupt schaffen würde, denn seine Arme und sein Rücken begannen schon wieder zu schmerzen, wenn er sich die ganze Plackerei nur vorstellte.

Doch plötzlich hatte Wagner eine Idee, die ihn beflügelte. Die Stelle hier im Garten war geradezu ideal für einen kleinen Teich! Davon hatte er doch schon als Kind geträumt: ein Teich mit Goldfischen und Seerosen mitten in seinem Urwaldsommerreich! Vater war immer dagegen gewesen. Hatte behauptet, Julia könnte ins Wasser fallen und ertrinken. Aber jetzt würde er ihn anlegen, seinen Dschungelsee, und niemand würde ihn daran hindern! Wagner straffte den Rücken, rollte mit den Schultern, um die Muskeln zu lockern, und dann stieß er den Spaten in den Boden. Erstaunlich, wie weich die Erde auf einmal war und wie leicht ihm das Graben fiel.

Nein, nichts und niemand würde ihn heute aufhalten können, seinen Plan zu verwirklichen, dachte Wagner. Auch nicht seine Mutter, die schon seit einer ganzen Weile hinter dem Fenster stand und ihn beobachtete. Er blickte hinüber zum Haus und winkte, aber seine Mutter rührte sich nicht. Dafür hörte er plötzlich Christinas Stimme.

„Hallo, Klaus! Was machst du denn da?"

Christina stand vor dem Gartentor, ihr Fahrrad lehnte am Zaun, und sie schien irritiert zu sein.

„Hey, Chris! Das ist aber schön, dass du da bist!"

Wagner ließ den Spaten fallen und lief zum Gartentor. Christina musterte ihn verwundert.

„Sag bloß nicht, dass du hier in deinem Garten auch nach den vermissten Mädchen suchst."

Wagner grinste verdutzt.

„Wie bitte? Das ist jetzt ein schlechter Scherz, oder? Wie kommst du denn darauf?"

„Naja, nach dem, was heute in der Zeitung steht ..."

„Nein! Nicht schon wieder die Zeitung, Chris!"

„Moment, Klaus! Die haben bloß geschrieben, dass dieser Moser tot ist und dass die Polizei in seinem Haus nach Spuren von den Mädchen sucht. Und das stimmt doch, oder?"

Wagner nickte.

„Na also. Und da hab ich mir gedacht, ich fahre nach meinem Mittagsdienst kurz bei dem Haus vorbei und schau mir das an. Irgendwelche Fernsehleute haben übrigens auch gerade ihre Kameras aufgebaut, als ich da war. Sonst ist ohnehin alles abgesperrt. Ich hab nur einen kurzen Blick auf das Grundstück werfen können, und da hab ich deine Kollegen beim Graben gesehen. Und jetzt seh' ich, wie du da auch herumgräbst in deinem Garten, bloß eine Straße weiter. Da hab ich halt gemeint ... ach, was weiß ich ... was hättest du denn an meiner Stelle gedacht, Klaus?"

„Na, ganz bestimmt nicht, dass ich in meinem Garten nach Mädchenleichen wühle."

„Aber möglich wär's doch, oder? Du hast schließlich versprochen, dass du alles tun wirst, um die Mädchen zu finden."

Christina mit diesem Versprechen zu beruhigen und gleichzeitig für sich einzunehmen, das war nun wohl gründlich danebengegangen, dachte Wagner. Und als Überbringer der guten Nachricht von Mosers Tod bei Christina zusätzliche Punkte zu sammeln – die Chance hatte er sich mit seinem Anfall von Selbstzweifel auch selber vermasselt. Und den Rest hatte die Zeitung besorgt. Jetzt musste er das wieder zurechtbiegen. Er öffnete das Gartentor.

„Bitte, Chris, komm doch erst einmal herein."

Christina zögerte einen Augenblick.

„Gut, aber nur ganz kurz. Ich muss dann gleich wieder zurück in den Lindenwirt."

Sie hatte noch immer ihre Kellnerinnenkleidung an, schwarze Bluse, schwarzer Rock, schwarze, flache Schuhe, nur die kleine weiße Schürze hatte sie abgelegt. Dafür trug sie an einem Schulterriemen eine rote Kunstledertasche, aus der sie jetzt Feuerzeug und Zigaretten holte und sich eine anzünden wollte. Ihre Hände zitterten und das Feuerzeug wollte nicht funktionieren.

„Scheiße!"

Wagner nahm ihr das Feuerzeug ab, schnippte es an und hielt das Flämmchen an die Spitze von Christinas Zigarette.

„Komm, Chris. Jetzt beruhige dich bitte wieder."

Christina nahm einen tiefen Zug und blickte Wagner aus halb geschlossenen Augen an.

„Du hast leicht reden. Beruhigen. Wenn ich mir vorstelle, dass da irgendwo die Mädchen unter der Erde liegen, wie soll ich mich da beruhigen ...“

„Das ist doch völliger Unsinn, Chris“, sagte Wagner und gab ihr das Feuerzeug zurück. Er wollte ihr seinen Arm um die Schultern legen, aber dann bemerkte er, dass er bis zum Ellbogen völlig verdreckt war, und ließ es bleiben. „Glaub mir, hier gibt’s weit und breit kein totes Mädchen. Die genießen irgendwo frisch und munter ihr Leben und machen sich einen schönen Tag. Ich weiß das, Chris. Ganz sicher.“

„Aha. Und wozu, bitteschön, grabt ihr dann in der Erde herum? Du hier und deine Kollegen dort drüben? Kannst du mir das bitte verraten?“

Wagner nahm mit seinen Fingerspitzen vorsichtig Christinas Arm und führte sie zum Holunderstrauch.

„Also, Chris. Erstens: Meine Kollegen graben Wagners Garten um und durchsuchen außerdem jeden Winkel in seinem Haus, um zu beweisen, dass es nirgends auch nur die geringste Spur von den Mädchen gibt. Das muss sein, weil die Verdächtigungen sonst nie aufhören.“ Das war natürlich gelogen oder bestenfalls die halbe Wahrheit, aber was sollte er sonst sagen? „Und zweitens, Chris, grabe ich diesen kaputten Strauch aus, weil ich an dieser Stelle einen Teich anlegen möchte, ein hübsches, kleines Biotop oder so. Alles klar?“

Christina blickte nachdenklich auf die freigelegten Wurzeln des Holunderstrauchs. Dann warf sie ihren Zigarettestummel auf die aufgehäufte Erde neben dem Loch und drückte sie mit der Schuhspitze hinein.

„Chris?“

„Ja, alles klar.“ Ihre Stimme klang belegt. „Heute bin wohl ich einmal die Blöde. Zur Abwechslung.“

„Ach was. Ist doch logisch, dass du dir Gedanken machst, nach allem, was du schon erlebt hast.“

„Danke, Klaus.“ Sie bückte sich, pflückte eine gelbe Butterblume

und hielt sie an ihre Nase. „Ist übrigens eine gute Idee, das mit dem Teich."
„Findest du?"
Christina blickte sich im Garten um.
„Ein richtiges kleines Paradies. Würde mir auch gefallen."
„Wirklich?" Wagner lächelte. „Jederzeit willkommen, Chris! Wann immer du willst."
„Echt?" Jetzt lächelte auch Christina. „Und was würde deine Mutter dazu sagen? Wie geht's ihr übrigens?"
Wagner zuckte mit den Schultern.
„So weit ganz gut, denke ich. Da warte ich einfach ab, wie's weitergeht und lasse sie in Ruhe. Auch mit dem Haus. Hat ohnehin keinen Sinn. Jetzt ist erst einmal der Garten dran."
Christina warf einen Blick auf ihre Uhr.
„Um Gottes Willen, so spät schon! Sorry, aber ich muss jetzt zurück. Um vier gibt's bei uns ein Geburtstagsfest für einen Neunzigjährigen. Das halbe Altersheim wird da sein. Dafür dauert's am Abend nicht so lang. Vielleicht kommst du später noch vorbei auf einen Kaffee, ja?"
„Gern, Chris."
Wagner begleitete Christina zum Gartentor. Sie drückte ihm wieder einen Fingerspitzenkuss auf die Lippen.
„Danke, Klaus. Und bitte noch einmal um Entschuldigung."
„Wofür?"
„Du weißt schon. Aber ich könnte es einfach nicht ertragen, wenn man die beiden Mädchen hier irgendwo tot finden würde. Allein die Vorstellung ist für mich schon ein Horror."
„Dann stell's dir halt nicht vor."
„Ich werd's versuchen. Versprochen."
Christina steckte die Butterblume ins oberste Knopfloch ihrer Bluse, lächelte Wagner noch einmal zu, stieg auf ihr Fahrrad, und dreißig Sekunden später war sie um die nächste Straßenecke verschwunden.

Wagner war erleichtert. Das hatte er also wieder hinbekommen. Nicht restlos überzeugend, aber immerhin. Christina war nicht mehr ganz so aufgeregt. Und der Garten hatte ihr gefallen, das war doch schon was. Vielleicht sollte er sie am Abend mit einem Strauß Blumen überraschen, davon gab es schließlich jede Menge im Garten, nicht nur Butterblumen. Margeriten zum Beispiel. Oder diese zyklamfarbenen Zwergrosen an der Südseite des Hauses. Ein kleiner Gruß aus *unserem* Garten, und, wie gesagt, jederzeit herzlich willkommen! Das würde doch Eindruck machen, oder? Hervorragende Idee, fast so gut wie die mit dem Teich. Es zahlte sich eben doch aus, dass er heute bis fast Mittag im Bett geblieben war und sich endlich richtig ausgeschlafen hatte. Seither sah die Welt gleich ganz anders aus.

Er hatte in aller Ruhe gefrühstückt, sich danach noch eine extra Thermoskanne Kaffee gemacht, und dann war er zum Haus gefahren. Diesmal, weil es schon wieder nach Regen ausgesehen hatte, mit seinem alten VW-Käfer. Unterwegs hatte er noch rasch eingekauft, um den Kühlschrank seiner Mutter aufzufüllen, aber im Übrigen hatte er sich vorgenommen, sie in Frieden zu lassen, denn das war wohl für sie und ihn das Beste. Nur nichts überstürzen, immer schön eins nach dem andern. Alles wird gut.

Wagner stand vor dem Holunderstrauch und begann, sich einen Plan zurecht zu legen. Wild drauflos graben war unsinnig. Zuerst würde er die Wiese rund um den Strauch vorsichtig in kleinen Rechtecken abtragen und die Rasenziegel übereinander stapeln. Dann würde er jeden Tag Schicht um Schicht tiefer graben und mit der ausgehobenen Erde gleich um die ganze Grube herum einen Erdwall aufschütten. Danach die dünnen Wurzeln abhacken, den Strauch herausholen und erst einmal irgendwo ablegen, in Stücke schneiden konnte er ihn später immer noch. Schließlich die Erde feststampfen, mit Plastikfolie aus dem Baumarkt auskleiden, ein paar Steine zur Befestigung drauf, den Erdwall mit den Rasenziegeln bedecken – und dann brauchte er nur

noch Wasser einfüllen, Seerosen und Goldfische besorgen, und fertig wäre sein Gartenteich! Er hatte noch zehn Tage Urlaub, in dieser Zeit müsste das doch zu schaffen sein.
Okay, dachte Wagner, man muss Prioritäten setzen. In den nächsten Tagen würde nicht anderes mehr für ihn wichtig sein. Nicht seine Mutter, nicht das Haus, und schon gar nicht der Fall Moser und die vermissten Mädchen. Nur die Arbeit an seinem Kindersommer-Urwald-Traumteich. Ja, und natürlich Chris.

Sie durfte ihn keinen Augenblick aus den Augen lassen. Musste ganz genau beobachten, was er tat. Denn das war alles so sonderbar, so rätselhaft, so bedrohlich. Da war irgendein Unheil, das auf sie zukam, irgendeine Gefahr, die sich hinter allem verbarg, was er machte. Sie musste vorsichtig sein und höllisch aufpassen. Dieses eigenartige Verhalten, das er plötzlich an den Tag legte, verhieß nichts Gutes.

Warum behandelte er sie auf einmal so ganz anders als bisher? Als ob es ihn überhaupt nicht interessierte, wie es ihr ging. Sie war doch seine Mutter. Da konnte sie von ihm doch wenigstens erwarten, dass er ihr ein bisschen Zeit schenkte. Aber er hatte sie nicht einmal richtig begrüßt und war gleich in den Garten verschwunden, nachdem er ihren Kühlschrank mit diesem scheußlichen Fertigzeug vollgestopft hatte. Als wäre sie ein Hund, bei dem es genügt, dass man ihn mit Futter versorgt. Was sollte das? Wollte er sie fertig machen, indem er sie ignorierte? War das ein neues Spiel, das er mit ihr trieb, um sie aus dem Haus zu ekeln? Er war so bösartig, Gott, so bösartig! Mit allen Mitteln versuchte er zu erreichen, dass sie selber glauben sollte, sie hätte den Verstand verloren. Erst neulich hatte er im ganzen Haus Weihnachtsschmuck aufgehängt. Jetzt, mitten im Sommer! Hatte wohl gehofft, sie würde darauf hereinfallen und im Juni Weihnachtskarten verschicken. Aber den Gefallen hatte sie ihm nicht getan. Sie hatte nicht vor, sich zum Gespött der Leute zu machen. Oder sich für verrückt erklären zu lassen, für unzurechnungsfähig und senil. Darauf konnte er lange warten.

Wenn sie nur wüsste, was er jetzt wieder im Schilde führte. Was trieb er da draußen im Garten? Wieso grub er den Holunderstrauch aus und versuchte, ihn aus der Erde zu reißen? Dieser Strauch war doch etwas ganz Besonderes, hatte er das vergessen? Er war doch dabei gewesen, hatte zugeschaut, als Ludwig diesen Strauch gepflanzt hatte, damals, als Julia auf die Welt gekommen war. Julias Holunderstrauch! Julias Lebensbaum! Wochenlang hatte Klaus mit seiner Spielzeuggießkanne Wasser herangeschleppt und den Strauch gegossen, bis ihm Ludwig die Kanne weggenommen hatte, weil die Wurzeln des Strauchs sonst im vielen Wasser verfault wären, und Klaus hatte deswegen geheult wie ein Schlosshund. Daran musste er sich doch noch erinnern. Wieso ging er dann jetzt auf den Holunderstrauch mit dem Spaten los und riss an seinen Wurzeln, als hätte er ihm etwas getan? Und wenn sie hinausliefe, um ihn davon abzuhalten, würde er dann vielleicht sogar wieder auf sie losgehen?

Maria Wagner hatte Angst. Was würde noch alles geschehen, was würde sie noch alles ertragen müssen? Am liebsten hätte sie jetzt geschlafen. Geschlafen und alles vergessen. Doch das durfte sie nicht. Sie musste Acht geben. Wachsam musste sie sein, weil man ihr sonst alles wegnehmen würde, was sie noch hatte. Denn sie waren böse, alle waren sie böse. Böse, gierig und verschlagen. Und allen voran ihr Sohn.

Wer war die Frau, mit der er jetzt sprach? Was hatte die in ihrem Garten zu suchen? War das schon wieder so eine Pflegerin, mit der er sie quälen wollte? Berieten sie gerade, wie sie es anstellen konnten, an ihr Geld zu kommen? Das Geld, das sie seit Jahren zur Seite gelegt hatte. Eine Menge Geld. Altes Geld, das noch etwas wert war. Eine ganze Schachtel voll, und die hatte sie gut versteckt, niemals würden sie die finden, garantiert nicht. Nie im Leben würden sie dieses Geld in die Finger kriegen. Das Geld war für Julia bestimmt. Es war Julias Geld, ganz allein Julias Geld. Damit sie später einmal studieren konnte. Sie war ja so begabt. All die Tiere, die sie immer so schön zeichnete. Vielleicht würde sie Künstlerin werden, wer weiß. Eine berühmte Malerin mit Ausstellungen auf der ganzen Welt. Oder Tierärztin, das wär' doch was. Ja, warum nicht Tierärztin? Egal, was auch immer sie wollte, Hauptsache studieren. Das würde viel kosten, aber dafür war das Geld da. Sie hatte vorgesorgt. Ein Schuhkarton voll Geld. In einem Versteck, das nicht einmal Ludwig kannte.

In dem kleinen Hohlraum unter der Stiege zu den Kinderzimmern, hinter dem lockeren Brett vorn an der vorletzten Stufe, da hatte sie die Schachtel versteckt. Zuvor hinter den Einmachgläsern in der Speisekammer, aber das war ihr zu unsicher gewesen. Ebenso wie hinter dem Stapel Geschirrtücher unten in der Küchenkredenz. Aber der Treppenabsatz war ideal, sie war richtig stolz gewesen, als sie dieses Versteck entdeckt hatte. Aber hatte sie die Schachtel nicht doch zuletzt hinter den Kleiderschrank geschoben? Oder hinter das Putzmittelregal im Abstellraum? Mein Gott, an so vielen Stellen hatte sie das Geld schon versteckt, und jetzt wusste sie auf einmal nicht mehr, wo es war!

Sie hatte tatsächlich keine Ahnung, und das war schrecklich. Dabei sah sie die Schachtel ganz genau vor sich. Dunkelblau mit schmalen weißen Streifen und ein rotes Gummiband drum herum. Aber war das überhaupt die Geldschachtel? War sie da sicher? War das nicht die Schachtel mit den Briefen, die sie Ludwig geschrieben hatte, als er in Kriegsgefangenschaft gewesen war? PoW Ludwig Wagner, Fort Worth, Alabama, USA. Und mit den Briefen, die er ihr aus Amerika zurück geschrieben hatte? Diesen vielen Briefen seiner Liebe, die damals noch so zärtlich gewesen war über zehntausend Kilometer hinweg? Und die sie auch irgendwo im Haus versteckt hatte vor den Kindern? Doch wo war dann das Geld? Wie sah die Schachtel aus, oder war es in einem Kuvert? Julias Geld, um Himmels Willen, Julias Geld!

Sie musste es suchen. Das ganze Haus musste sie danach absuchen. Unbedingt! Aber nicht jetzt. Nicht, solange ihr Sohn und diese Frau noch da waren. Nicht, solange die beiden plötzlich ins Haus kommen konnten und dann gleich bemerken würden, dass sie nach irgendetwas suchte. Es war doch völlig klar, was dann passieren würde. Sag uns, was du suchst, würden sie sagen. Die Hilfsbereiten würden sie spielen und nicht locker lassen, bis sie ihnen verraten müsste, wonach sie suchte. Und wenn sie behaupten würde, dass sie gar nichts Bestimmtes suchte oder nicht mehr wüsste, wonach sie gesucht hatte, dann würden sie einander viel sagende Blicke zuwerfen: Bitte, damit ist ja wohl eindeutig bewiesen, dass sie nicht mehr weiß, was sie tut. Und sie würden ihr erst recht nicht glauben und sie noch stärker unter Druck setzen oder sie gleich in ein Heim bringen lassen und danach das ganze Haus auf den Kopf stellen. Und schließlich würden sie es finden, das Versteck mit dem Geld, und Julia würde leer ausgehen.

Nein, sie durfte keinen Fehler machen, durfte sich nicht von der Stelle rühren. Sie musste hier am Fenster stehen bleiben, musste beobachten, was die beiden da draußen taten. Aber wo war die Frau? Eben war sie doch noch da gewesen, und nun war sie auf einmal nicht mehr zu sehen. Ein kurzer Moment der Unaufmerksamkeit, und schon hatte sie die Frau aus den Augen verloren. Hatte sie sich etwa schon heimlich ins Haus geschlichen? Was hatte sie vor? Was würde ihr diese Frau antun im sicheren Bewusstsein, dafür niemals bestraft zu werden? So wie ihre diebische Kollegin, die mit ihrem Sohn ja auch ganz offensichtlich unter einer Decke steckte.

Maria Wagner konnte vor Angst kaum mehr atmen. Sie war unfähig sich zu bewegen und starrte in den Garten, wo sich ihr Sohn wieder an dem Holunderstrauch zu schaffen machte, und gleichzeitig versuchte sie mit verzweifelter Anstrengung, ins Haus hinein zu horchen. Aber sie vernahm nichts. Kein fremdes Geräusch, keinen Laut, keinen Schritt. Da war nur Stille. Und dann ein Rauschen in ihrem Kopf, das immer lauter und lauter wurde.

Heilige Mutter Gottes, was geschah mit ihr? Welches Schicksal erwartete sie? Diese Quälerei, dieser Hass, diese Gemeinheit, hörten sie denn niemals auf? Und diese Angst, die sich in ihr Leben fraß wie Schimmel.

Die hellroten Rosen, die Margeriten und das Schleierkraut hatte Wagner zwar im Blumengeschäft am Hauptbahnhof gekauft, aber er würde Christina den Strauß trotzdem als Gruß aus *ihrem* Garten überreichen. Sie musste ja nicht unbedingt wissen, dass er im Kampf gegen den Holunderstrauch nach zwei Stunden wieder einmal das Handtuch geworfen hatte. Doch dieses Mal hatte er nicht vor den hartnäckigen Wurzeln kapituliert, sondern vor den vorwurfsvollen Blicken seiner Mutter, die unentwegt hinter dem Fenster ihres Schlafzimmers gestanden war und ihn beobachtet hatte. Er hatte es einfach nicht mehr ausgehalten, ihre Trauergestalt in seinem Rücken zu spüren, und hatte buchstäblich die Flucht ergriffen.
Zuerst war er zur nächsten Tankstelle gefahren, hatte den Luftdruck in den Reifen seines VW-Käfers kontrolliert, getankt, sich im Waschraum Hände, Arme und Oberkörper gewaschen und dann noch eine Tüte Chips und zwei Schokoriegel gekauft. Danach war er ein Stück stadtauswärts gefahren und irgendwo in einen Forstweg eingebogen, der zunächst zwischen Wiesen hindurch lief und dann in einen Wald führte. Am Waldrand hatte er angehalten, den Motor abgestellt, das Seitenfenster heruntergekurbelt, und dann war er einfach dagesessen, hatte den Kaffee aus seiner Thermoskanne getrunken, die Chips und die Schokoriegel gegessen und die Bäume betrachtet. Wenn er ausgestiegen und ein paar Schritte am leicht ansteigenden Waldrand entlang hinaufgegangen wäre, hätte er von oben auf die Stadt und das Haus seiner Eltern hinunter sehen können. Aber dazu hatte er einfach keine Lust gehabt. Und wieso er dazu keine Lust hat-

te, darüber nachzudenken hatte er erst recht keine Lust gehabt. Als er die Thermoskanne geleert hatte, war er den Forstweg wieder im Retourgang zurückgefahren und hatte dann direkt den Baumarkt angesteuert. Dort hatte er gut eineinhalb Stunden gebraucht, um sich zu entscheiden, ob er den Wurzeln des Holunderstrauchs mit einer Kettensäge oder mit einer Axt zu Leibe rücken wollte. Kurz vor Ladenschluss hatte er dann beides gekauft und war danach zu seiner Wohnung gefahren. Und als er kurz vor neun, frisch geduscht und rasiert, zum Lindenwirt unterwegs gewesen war, um sich mit Christina zu treffen, war ihm erst wieder eingefallen, dass er ihr Blumen aus dem Garten mitbringen wollte. Da war das Blumengeschäft am Bahnhof die letzte Rettung gewesen, es war das einzige, das um diese Zeit noch geöffnet hatte.

„Sind die für mich? Das wäre aber doch wirklich nicht nötig gewesen, Herr Inspektor", rief Alfred, der Wirt, als Wagner endlich mit dem Strauß in der Hand die Schankstube betrat. „Nein wirklich, Herr Inspektor, was sollen denn die Leute von uns denken?" Der Wirt hielt das offenbar für besonders witzig, doch als er sah, dass Wagner darüber überhaupt nicht lachen konnte, wurde er rasch wieder sachlich und reichte Wagner ein kleines Kuvert. „Entschuldigung, Herr Inspektor. Das soll ich Ihnen von Christina geben. Sie hat sich frei genommen, weil heute Abend bei uns überhaupt nichts los ist."
„Aha." Wagner drehte das Kuvert ratlos zwischen seinen Fingern.
„Und weil Sie ja am Handy nicht zu erreichen sind, hat Christina gesagt", fügte der Wirt hinzu.
„Richtig. Stimmt." Wagner wusste im Moment nicht, was er tun sollte, das Kuvert in der einen Hand und den Blumenstrauß in der anderen.
„Wegen der Ermittlungen, nicht wahr? Der Stress. Da wollen Sie nicht gestört werden, stimmt's? Gibt's eigentlich was Neues?"

Der Wirt wies auf die Zeitungen, die auf dem Schanktisch lagen. Wagner warf widerwillig ein Blick auf die Titelseiten.

Satanische Spiele eines Sexmonsters!

Tod im Horrorhaus

Drama um Sandra und Daniela: Tragischer als der Fall Natascha Kampusch?

Wagner wandte sich angeekelt ab.
„Na“, insistierte der Wirt, „sagen Sie doch, gibt's irgendwelche Neuigkeiten?“
Wagner schüttelte den Kopf.
„Verstehe“, sagte der Wirt. „Dienstgeheimnis. Egal, morgen steht's ohnehin in der Zeitung. Übrigens, wie geht's Ihren Fingerknöcheln? In der Zwischenzeit noch einen anderen Tisch k.o. geschlagen?“
Wagner drehte sich um und ging wortlos zur Tür. Als er schon halb draußen war, hörte er noch, wie ihm der Wirt hinterher rief: „Schöne Grüße an Christina! Und noch viel Spaß heute Nacht, Herr Inspektor!“
Scheißkerl.

Erst als er wieder in seinem Auto saß, riss Wagner vorsichtig das Kuvert auf und las, was Christina auf die Rückseite eines Zettels von ihrem Rechnungsblock geschrieben hatte: Ihre Adresse und dass es schön wäre, wenn er heute Abend zu ihr nachhause käme. Und darunter hatte sie eine Blume mit einem Lachgesicht gekritzelt.

Als Wagner zu Christina kam, war sie schon im Schlafanzug. Ein minzgrüner Plüschpyjama mit leicht ausgeleierten weißen Bündchen, alles andere als aufreizend. Aber auf Wagner wirkte er verführerischer als das raffinierteste Negligé. Und zwar einfach deshalb, weil es der Pyjama war, den er Christina vor Jahren geschenkt hatte. Eine rote Kaffeetasse und ein minzgrüner Plüschpyjama, das war eben die Art von Geschenken, die sie einander gemacht hatten. Hin und wieder eine Schachtel Mon Chéri, aber das war dann auch schon das Höchste an Romantik gewesen. Und Blumen hatte er ihr eigentlich nie gebracht. Deshalb war Christina auch ziemlich überrascht, als er ihr den Strauß überreichte.

„Wahnsinn, Blumen! So kenn' ich dich ja gar nicht, Klaus!"

„Na, dann wird's ja höchste Zeit, oder?"

„Ich weiß gar nicht, wann ich das letzte Mal Blumen bekommen hab. Muss schon ewig her sein." Sie schnupperte an den Rosen. „Echt süß von dir. Aus dem Garten?"

„Na ja, sozusagen. Als Erinnerung, dass du immer willkommen bist."

„Das ist lieb. Danke, Klaus. Aber setz dich doch. Ich stell nur noch schnell die Blumen ins Wasser."

Wagner setzte sich aufs Sofa und blickte sich in dem kleinen Zimmer um, während Christina nebenan in der Kochnische Wasser in ein großes Glas laufen ließ. Soviel er erkennen konnte, bestand die Wohnung nur aus Zimmer, Küchenabteil, Bad und einer kleinen Loggia. Sie lag direkt an einer Einfahrtsstraße im Erdgeschoß eines Wohnblocks aus den Sechzigerjahren, und selbst durchs geschlossene Fenster war der Autoverkehr zu hören. Die spärliche Einrichtung sah noch ziemlich neu aus, ein niedriger Couchtisch, ein Schrank und zwei Schubladenkommoden, alles aus einem Billigmöbelgeschäft. Auf der einen Kommode stand ein kleiner Fernsehapparat. An einer Wand hing ein gerahmter Kunstdruck, auf dem das mit kräftigen schwarzen Strichen konturierte Gesicht

eines traurigen Clowns zu sehen war. In einer Ecke lehnte ein zusammengeklapptes Bügelbrett, und davor stand ein voller Wäschekorb aus rotem Plastik.
Christina stellte auf die zweite Kommode ein großes Bierglas, in das sie die Blumen gegeben hatte.
„Nicht einmal eine richtige Vase hab ich. Aber die Blumen sind wunderschön, Klaus."
„Ist doch ganz okay so."
„Na ja, ich weiß nicht." Sie zupfte ein bisschen an den Blumen herum und arrangierte sie neu. Dann ging sie wieder in die Küche. „Kaffee, wie ich dich kenne?"
„Oh ja, gern, bitte." Wagner fühlte sich eigenartig nervös, aber er wusste nicht, warum. „Schenkst du mir eine Zigarette, Chris?"
„Klar. Liegen auf dem Tisch."
Er zündete sich eine an, rauchte sie, aufrecht und angespannt auf der vorderen Sofakante sitzend, und lauschte dem Verkehrslärm, in den sich aus der Kochnische das leise Scheppern von Geschirr mischte. Er hätte gern irgendwas gesagt, zum Beispiel über den Plüschpyjama und wie er sich darüber freute, dass Christina ihn anhatte, aber das kam ihm dann doch irgendwie albern vor, und deshalb sagte er nichts und starrte wieder einmal nur schweigend Christinas Zigarettenkippen im Aschenbecher an.
„Müde, Klaus, oder geht's dir nicht gut?" Christina sah Wagner besorgt an, während sie ein mit Tellern, Tassen und Besteck vollgeräumtes Tablett auf den Couchtisch stellte.
„Nö, wieso?"
„Weil du seit fünf Minuten kein Wort gesagt hast."
„Wirklich? Entschuldige. Aber mir geht's gut."
„Hunger?"
„Eigentlich auch nicht."
„Schade. Ich hab gehofft, du hilfst mir dabei, diese Torte zu vertilgen. Allein schaff ich das nämlich nie." Christina stellte einen Teller mit einer riesigen Schwarzwälderkirschtorte auf den Tisch.

„Die ist heute Nachmittag bei der Geburtstagsfeier übrig geblieben. War einfach zu viel für die alten Herrschaften, und da haben sie mir die Torte geschenkt. Sozusagen als extra Trinkgeld. Rührend, nicht?"
„Tja", sagte Wagner und grinste, „dann dürfen wir das gute Stück wohl nicht verkommen lassen, was?"
„Weißt du noch, wie wir um die Wette Pizza gegessen haben?"
„Oh Gott, erinner' mich nicht daran! Aber ich hab gewonnen."
„Hast du nicht."
„Doch, hab ich!"
Kurz nach Mitternacht waren von der Schwarzwälderkirschtorte nur mehr ein paar Krümel übrig. Sie hatten sich über die Torte hergemacht, und das meiste hatte Wagner gegessen. Und sie hatten sich über ihre gemeinsame Zeit hergemacht, und an das meiste hatte sich Christina erinnert. Sie hatten gegessen und geredet und gegessen und geredet, als könnten sie darin endlich eine Erklärung dafür finden, was gerade mit ihnen geschah. Und da waren so viele „Kannst-du-dich-erinnern" gewesen, so viele „weißt-du-noch-wie".
Wie sie sich kennen gelernt hatten, als Christina in der Polizeiinspektion den Diebstahl ihres Fahrrades angezeigt hatte. Wie verzweifelt sie gewesen war, als ihr Wagner erklärt hatte, dass es so gut wie keine Chance gäbe, das Rad wieder zu finden. Und wie glücklich, als Wagner zwei Tage später in den Lindenwirt gekommen war, um ihr mitzuteilen, dass sie ihr Fahrrad bei ihm in der Dienststelle abholen könne. Wie sie nicht anders gekonnt hatte, als ihn dafür zu umarmen und wie verlegen er danach dagestanden war. Wie er sie noch am selben Abend angerufen hatte, um sie zu fragen, ob er sie irgendwann auf einen Kaffee einladen dürfe, und wie sie am Abend darauf in der Konditorei gesessen waren und er ihr die ganze Zeit nur Vorträge über die massenhaften Fahrraddiebstähle durch organisierte rumänische Banden und über die Vorzüge von Stahlbügelschlössern gehalten hatte.

Und wie sicher und geborgen sie sich auf einmal bei ihm gefühlt hatte, und wie neu dieses Gefühl für sie gewesen war, und wie sie dann noch in derselben Nacht in Wagners Wohnung miteinander ins Bett gegangen waren.

Und wie sie die alten Elvis-Schallplatten in Wagners Wohnung entdeckt hatte und Wagner ihr daraufhin wochenlang immer wieder irgendwelche Geschichten über Walter, seinen älteren Bruder, erzählt hatte, dem die Platten eigentlich gehören würden und der sie ihm nur geliehen und dann bei ihm vergessen hätte und der schon vor Jahren nach Australien ausgewandert sei, ständig neue, abenteuerliche Geschichten über seinen tollen, großen Bruder Walter, bloß weil Wagner Angst gehabt hatte, Christine könnte vom Alter der Platten auf sein Alter schließen und ihn deshalb verlassen. Und wie eines schönen Tages aus dem Walter plötzlich ein Günther geworden und deshalb die ganze Geschichte aufgeflogen war, und wie sie darüber gelacht hatten und Wagner Christina dann noch die ganze Nacht lang bewiesen hatte, dass er tatsächlich viel jünger war, als in seinem Pass stand.

Und wie sie das Spiel „Bei dir oder bei mir?" genossen hatten und Christina deshalb erst nach eineinhalb Jahren in Wagners Wohnung eingezogen war. Und wie stinksauer Wagner gewesen war, als er und Christina einmal, ein einziges Mal, Christinas Eltern besucht hatten, und ihr Vater nichts Besseres zu tun gehabt hatte, als Wagner ständig mit der Frage auf die Nerven zu gehen, ob er ihm nicht dabei helfen könne, eine Strafverfügung der Verkehrspolizei nicht bezahlen zu müssen. Und wie sie sich ausgerechnet im Urlaub auf einer griechischen Insel im Freilichtkino *Sound of Music* angesehen hatten, einmal und nie wieder. Und wie sie in dieser winzigen Pizzeria in Lignano gewettet hatten, wer mehr *Quattro Stagione* in einer Stunde verdrücken könnte, und Wagner hatte gewonnen, nein, Christina, nein, Wagner. Und und und – als wäre ihre ganze gemeinsame Zeit nichts als eine Aufeinanderfolge herrlicher Lachnummern gewesen. Nur darüber, wie alles zu Ende gegangen war, hatten sie nicht geredet.

Christina schnappte sich mit den Fingern die letzten Krümel vom Tortenteller und steckte sie in ihren Mund. Dann sah sie Wagner lächelnd an und sagte: „Na bitte, Klaus, diesmal hast du gewonnen."

Wagner lächelte zurück, doch dann konnte er nur mit Müh und Not ein Rülpsen unterdrücken.

„Entschuldige, aber ich brauch jetzt unbedingt frische Luft. Ganz dringend."

Er stemmte sich aus der Couch hoch, öffnete die Tür und trat hinaus auf die Loggia.

Der Autoverkehr war kaum weniger geworden, und aus einem Lokal auf der gegenüber liegenden Straßenseite drangen die monotonen Bassrhythmen einer Discoanlage. Die warme Nachluft roch nach Auspuffgasen und wirkte auf Wagner nur kurze Zeit erfrischender als die Luft in der verqualmten Wohnung. Anscheinend hatten sie auch um die Wette geraucht, doch wer dabei gewonnen hatte, blieb offen. Wagner streckte seinen Rücken durch, nahm ein paar tiefe Atemzüge und bekam einen Hustenanfall.

„Was ist denn mit dir los? Das klingt ja furchtbar!"

Christina war hinter Wagner getreten und umschlang seinen Brustkorb mit ihren Armen.

„Ach, nichts. Scheißzigaretten. Geht schon wieder."

Christina drückte sich fester an Wagner und legte ihren Kopf auf seinen Rücken. So blieben sie ein paar Minuten lang stehen, und Wagner dachte, dass es jetzt schön wäre, wenn sich die Straße in einen Strand am Meer verwandeln würde, und das stampfende Bassgeräusch in leises Wellenrauschen.

„Woran denkst du?", fragte Christina.

„Dass ich jetzt langsam nachhause fahren sollte", antwortete Wagner. „Mein Bett wartet."

„Müde?"

„Ja, doch. War ein langer Tag."
Christina schwieg. Nach einer Weile sagte sie leise: „Wenn du magst, kannst du auch bei mir schlafen."
Wagner löste sich aus der Umarmung, drehte sich um und sah Christina in die Augen.
„Chris?"
„Ja?"
„Bist du sicher, Chris?"
Christina lachte kurz auf.
„Moment, Klaus! Ich hab gesagt, du kannst *bei* mir schlafen, nicht *mit* mir." Und als sie die Enttäuschung in Wagners Gesicht bemerkte, fügte sie hinzu: „Verzeih, aber ich hab gerade meine Tage."
„Alles klar, Chris. Ich weiß schon, da geht's dir nicht so gut."
Christina lächelte.
„Das ist schön."
„Was?"
„Dass du das noch weißt."
„Tja, manche Dinge vergisst man halt nicht." Wagner grinste. „Du hast ja auch noch gewusst, wie ich meinen Kaffee mag."
Sie gingen zurück ins Zimmer. Wagner sah, dass Christina den Tisch abgeräumt hatte, und während er allein draußen gestanden war, hatte sie auch bereits aus der Couch ein Doppelbett gemacht. Christina gab Wagner ein frisches Handtuch.
„Das Bad kannst du in meiner Riesenwohnung ja wohl nicht verfehlen. Nur Zahnbürste hab ich leider noch keine für dich, sorry."
Als sie dann im Bett lagen, roch es im Zimmer noch immer nach Torte, Kaffee und Zigarettenrauch, aber Christina hatte das Fenster und die Loggiatür geschlossen, damit wenigstens der Lärm von der Straße und aus dem Lokal nicht so laut zu hören waren. Das Bett war schmal. Wagner lag mit leicht angewinkelten Beinen in Seitenlage hinter Christina, die sich mit ihrem Rücken an ihn schmiegte. Ihr Kopf lag auf seinem ausgestreckten Arm, und

mit der Linken umfing Wagner Christinas Hüfte. Er blickte über Christinas Kopf zum Fenster. Zwischen den Lamellen der heruntergelassenen Jalousien blitzten die Lichter der vorbeifahrenden Autos auf.

„Also, ganz ehrlich", murmelte Wagner und drückte Christina ein bisschen fester an sich, „deine Wohnung ist ja noch beschissener als meine."

„Ich weiß. Aber eine bessere kann ich mir nicht leisten."

„Entschuldige, war nicht bös gemeint."

Christina tastete nach Wagners linker Hand, legte sie auf ihren Bauch und hielt sie dort fest. Wagner blickte wieder auf die Scheinwerferblitze und zählte in Gedanken. Alle zehn Sekunden ein Auto, na, großartig. Plötzlich musste er an den Garten denken.

„Ich hab da eine Idee, Chris."

„Ja?"

„Was hältst du von einem Zelt bei mir im Garten?"

„Bitte, was?

„Ein Zelt. Ich hab mir das erst neulich schon gedacht. Ein Zelt im Garten. Jetzt im Sommer. Ich kauf ein Zelt mit allem Drum und Dran, Campingbetten und Spirituskocher und so. Und da könnten wir dann wohnen. Mitten im Grünen. Nicht immer, aber wenn das Wetter passt. Das wäre jedes Mal fast wie Urlaub. Jedenfalls besser als in deiner Wohnung. Oder auch in meiner."

„Du spinnst."

„Wieso? Stell dir das doch einmal vor. Die Ruhe. Die Luft. Und zum Duschen und Umziehen können wir ja immer noch in unsere Wohnungen fahren."

„Und was würde deine Mutter dazu sagen?"

„Mir egal. Der Garten gehört mir genauso wie ihr. Da kann ich wohl noch ein Zelt aufstellen, wenn ich will."

„Toll wär's schon. Verrückt, aber toll." Christina kicherte. „Du hast vielleicht Ideen."

„Also abgemacht?“
Christina schwieg.
„Chris?“
„Ja?“
„Abgemacht, Chris?“
„Ja, aber – “
„Was aber?“
„Aber erst, wenn die Sache vorbei ist.“
„Was für eine Sache, bitte?“
„Du weißt schon. Die Sache mit den Mädchen. Solange nicht sicher ist, dass die da nicht tot unter der Erde liegen ...“
„In meinem Garten?“
„Nein, aber ganz in der Nähe. Entschuldige, aber allein die Vorstellung halt ich einfach nicht aus.“
„Da sind keine toten Mädchen, Chris!“ Wagners Stimme klang gepresst. „Wie oft soll ich dir das noch sagen?“
„Aber die Zeitungen.“
„Die Zeitungen schreiben jeden Dreck, wenn's nur gut für ihr Geschäft ist. Sonst nichts. Glaub mir, Chris.“
„Ich glaub dir ja. Wirklich, ich glaub dir.“ Christina stockte. „Aber trotzdem: Bitte, Klaus, bitte! Wenn's vorbei ist, ja? Wenn's vorbei ist, dann machen wir's. Versprochen.“
„In Ordnung. Kein Problem. In zwei, drei Tagen ist die Geschichte ohnehin aufgeklärt. Wer weiß, vielleicht sind die beiden Mädchen sogar gerade jetzt schon wieder daheim bei ihren Eltern.“
„Danke, Klaus.“
Christina zog Wagners Hand sanft von ihrem Bauch nach oben und legte sie auf ihre Brust. Wagner berührte mit seinen Lippen ihren Nacken. Ein Kuss und doch kein Kuss. Dann vergrub er sein Gesicht in ihrem Haar.
„Alles wird gut, Chris. Alles wird gut. Und das Zelt kaufen wir gemeinsam, ja?“
„Ja. Das machen wir.“

Wagner zählte wieder die Sekunden zwischen den Lichtblitzen. Das Discostampfen hatte aufgehört.
„Chris?“
„Hm?“
„Darf ich dich was fragen?“
„Ja?“
„Hat's in der Zwischenzeit noch jemand anderen gegeben? Ich meine, seit der Geschichte mit deinem Baby.“
„Wieso willst du das wissen?“
„Nur so.“
„Ich hab die Zeit für mich gebraucht, ganz allein für mich. Dass ich mein Kind verloren hab, war ein Schock. Glaubst du wirklich, dass mich da irgendein Mann interessiert hat?“
„Hm. Nicht einmal ein süßer Norweger?“
„Blödmann.“ Christina kniff Wagner in die Hand. „Absoluter Blödmann.“
Christina gähnte und kuschelte sich noch enger an Wagner. In seinem Kopf rumorte es.
„Chris?“
„Hm?“
„Und Kinder? Ich meine, willst du immer noch welche?“ Er konnte es einfach nicht lassen.
Christina schwieg. „Kein Thema“, sagte sie dann und schwieg wieder.
„Mhm. Kein Thema. Und was soll das jetzt heißen?“
Christina schwieg weiter. Wagner war verunsichert.
„Darf ich dich noch was fragen?“
„Hm?“
„Magst du mich, Chris?“
„Hm.“
„Chris?“
Christinas Antwort waren ruhige, tiefe Atemzüge. Sie war eingeschlafen.

Wagner wagte nicht, sich zu bewegen. Er war hellwach. Sein rechter Arm unter Christinas Kopf wurde langsam taub, und seine Schulter begann zu schmerzen. Aber er rührte sich nicht, um Christinas Schlaf nicht zu stören. Er fühlte sich aufgebläht, und sein Magen krampfte sich immer wieder zusammen, weil er mit den Unmengen von Schokoriegeln, Chips und Schwarzwälderkirschtorte nicht fertig wurde. Doch Wagner versuchte, sich ganz still zu halten. Denn egal, wie beschissen er sich auch gerade fühlen mochte – es war gut, hier zu sein. Es war gut, Christina im Arm zu halten. Es war gut, ihr Atmen zu hören. Jetzt, nach all der Zeit.

Gut, sie wollte nicht mit ihm schlafen, und dass sie ihre Tage hatte, war ganz offensichtlich nur eine Ausrede gewesen, denn vorhin im Bad hatte er nirgends eine Tamponpackung herumstehen sehen, wie sonst früher immer. Ja, der alte Polizist in ihm hatte es halt nicht lassen können, sich ein bisschen umzuschauen. Oder auch nicht der alte Polizist, sondern nur der alte, eifersüchtige Blödmann. Aber es musste ja auch nicht sein, dass sie schon heute miteinander schliefen. Hauptsache, die alte Vertrautheit war wieder da. Und eigene Kinder waren vielleicht tatsächlich kein Thema mehr für sie. Konnte er sich einen besseren Neuanfang wünschen, als jetzt hier mit ihr zu liegen und sie im Arm zu halten?

Wenn Christina ihr Kind nicht verloren hätte, dachte Wagner, dann wäre es jetzt so alt, wie Julia damals gewesen war. Damals, als er das ewige Weinen und Brüllen seiner kleinen Schwester nicht mehr ausgehalten hatte. Sieben Jahre alt war er gewesen und hatte auf seine kleine Schwester aufpassen müssen, weil seine Mutter Einkaufen gegangen war. Und Julia war in ihrem Gitterbett gelegen und hatte gebrüllt, gebrüllt, gebrüllt. Und da hatte er ihren Kopfpolster genommen und ihn auf ihr Gesicht gedrückt, bis sie endlich still gewesen war. Zum ersten Mal hatte er sich gewünscht, dass sie tot wäre. Hatte sie gehasst und dabei noch gar nicht gewusst, dass man es Hass nannte, was er da spürte. Hatte einfach nur gewollt, dass sie aufhört. Aufhört zu brüllen. Aufhört da zu sein. Aber Julia war immer noch da gewesen, als er den Polster wieder von ihrem Gesicht genommen hatte. War dagelegen und hatte ihn mit ihren großen dunklen Augen verwundert angesehen und sogar ein bisschen gelacht. Und dann gleich wieder zu brüllen angefangen, mit krebsrotem Gesicht und geballten Fäusten. Und er war in den Garten gelaufen und hatte sich hinter den Ribiselstauden versteckt und sich die Ohren zugehalten. Gestorben war Julia erst später, viel, viel später. Und hatte ihm nicht anders hinterlassen als diesen Widerwillen, diese Abneigung gegenüber Kindern.

Es ist verrückt, dachte Wagner. Wenn Julia nie geboren worden wäre, dann wären er und Christina sicher zusammengeblieben, und sie hätten jetzt ein Kind. Und wenn Christina ihr Kind nicht verloren hätte, dann wären er und Christina jetzt nicht wieder zusammengekommen. Ein totes Kind, das sie getrennt hat. Ein totes Kind, das sie wieder zusammengebracht hat. Immer sind es tote Kinder, die sein Leben bestimmen.

Wagner spürte seine rechte Hand nicht mehr. Der stechende Schmerz in seiner Schulter zog sich bis zum Nacken hinauf und begann sich über den ganzen Rücken auszubreiten. Jetzt konnte Wagner nicht mehr anders, als seinen Arm langsam und vorsichtig unter Christinas Kopf hervorzuziehen. Dann drehte er sich auf die andere Seite. Dann auf den Rücken, dann wieder auf die Seite. Und während Christina hinter ihm leise zu schnarchen begann, zählte er wieder die Sekunden zwischen den Lichtern, die über die Zimmerwände huschten und über das Bild des traurigen Clowns.

Liebes Tagebuch! Heute hat der Pauli der in der Klasse hinter mir sitzt wieder gesagt, dass ich stinke weil ich mich nicht wasche. Da habe ich dem Pauli mein Lesebuch voll auf den Kopf gehaut und der Pauli hat gesagt, dass er das seinem Papa sagen wird weil der Polizist ist und der wird mich dann einsperren. Aber die Frau Lehrerin hat gesagt, dass das gar nicht stimmt und dass ich Recht gehabt habe dass ich mich gewehrt habe und dass der Pauli nicht dauernd so blöde Sachen zu mir sagen soll. Am Nachmittag wollte ich wieder mit dem Fahrrad zu dem Haus von dem Totmacher fahren weil ich gehofft habe, dass Sandra und Daniela auch dort sind. Aber sie waren leider nicht da nur ganz viel Polizei und da hab ich mich dann nicht hingetraut. An der Straßenecke hat mich ein Mann aufgehalten und gefragt, ob ich die Freundin von Sandra und Daniela bin weil er mich schon ein paar Mal mit ihnen gesehen hat. Der Mann war schon alt, sicher zwanzig oder so und er hat einen ganz langen schwarzen Mantel angehabt und schwarze Stiefel und lauter silberne Ringe im Gesicht. Das Gesicht war ganz weiß und er hat überhaupt keine Haare gehabt. Irgendwie hat das komisch ausgeschaut aber auch voll super. Er hat mich gefragt ob ich weiß wo Sandra und Daniela sind und ich habe ihm gesagt, dass ich das nicht weiß und dass ich ganz traurig bin deswegen und dass ich Angst habe, dass ich sie nicht mehr sehen werde. Der Mann hat gesagt, dass ich keine Angst haben muss weil Sandra und Daniela vom Santan beschützt werden und dass der Santan auch mich beschützt, weil ich das Zeichen vom Santan auf der Wange habe und dass das ein Feuerzeichen ist und dass es makische Kräfte hat und vielleicht kann ich damit sogar Feuer machen und Sachen zum Brennen bringen später einmal. Er hat auch gesagt, dass der Santan stärker ist als alle, nämlich überhaupt der Stärkste auf der ganzen Welt hat er gesagt, und dass einem deshalb nichts passiert wenn man der Freund vom Santan ist. Und dann hat er gesagt, dass er jetzt mein Freund ist, weil wir alle Freunde vom Santan sind, auch die Sandra und die Daniela, aber dass das unser Geheimnis ist. Dann hat er gesagt, das er irgendwie spürt dass Sandra und Daniela ganz in der Nähe sind er weiß nur nicht wo. Und dann hat er gesagt, dass er Santan bitten wird, dass Sandra und Daniela bald wieder da sind und dann werden alle Freunde vom Santan ein Fest feiern und ich darf auch dabei sein. Das wird sicher voll super und ich bin voll froh, dass ich die Freundin vom Santan bin.

Freitag

Verwesungsgeruch. Von irgendwoher kam beißender, scharfer Verwesungsgeruch. Wagner stieß den Spaten zwischen die Wurzeln des Holunderstrauchs und ließ ihn dort stecken. Dann machte er die Augen zu, sog vorsichtig die Luft ein, drehte den Kopf langsam von links nach rechts und versuchte herauszufinden, aus welcher Richtung dieser widerliche Geruch kam. Schließlich packte er wieder den Spaten und ging zielstrebig, weiter wie ein Spürhund schnüffelnd, auf das Gestrüpp zu, das im hinteren Teil des Gartens wucherte. Mit jedem Schritt wurde der Gestank intensiver. Wagner bog mit dem Spaten ein paar Zweige zur Seite, und dann sah er auch schon die Ursache des bestialischen Gestanks: ein totes Eichkätzchen, über das sich bereits ein Heer von Ameisen hergemacht hatte. Ein ziemlich Ekel erregender Anblick. Wagner spürte ein heftiges Würgen im Hals.

Im ersten Augenblick wusste er nicht, wie er den Kadaver beseitigen sollte. Er ging in die Hocke und versuchte, den Spaten unter das tote Tier zu schieben. Zweimal rollte das Tier zur Seite, aber beim dritten Mal gelang es Wagner, den weichen und mit schwarzen Ameisen übersäten Klumpen auf die Spatenspitze zu hieven und unter dem Gestrüpp hervorzuziehen.

Als Polizist hatte Wagner schon einige Tote gesehen, Unfallopfer ebenso wie Ermordete, doch er hatte sich nie wirklich daran gewöhnen können, bei aller Professionalität nicht. Und obwohl dieses stinkende und zum Teil zerfressene Wesen, das da nun vor ihm auf der Wiese lag, nur ein kleines totes Tier war, rief es in Wagner ein Grausen hervor, das er bisher noch nicht gekannt hatte. Jetzt verstand er erst recht richtig, was Cerny ihm vor zwei Stunden berichtet hatte.

Es ist der reinste Horror, so etwas hab ich in meiner ganzen Dienstzeit noch nicht erlebt, und die Kollegen von der Kripo auch nicht, hatte Cerny gesagt und auf die in weiße Overalls gekleideten Männer gedeutet, die in Mosers Garten systematisch den Boden umgruben. Das ganze Grundstück ist ein einziger Tierfriedhof. Jede Menge präpariertes Viehzeug, verrottet und halb zerfallen und von Insekten zerfressen. Hunde, Katzen, jede Menge Vögel, sogar zwei Rehe. Einfach scheußlich. Kannst dir das Gruselkabinett ja anschauen, wenn du unbedingt scharf darauf bist.
Danke, darauf kann ich gern verzichten, hatte Wagner abgewehrt.
Verstehe, hatte Cerny ihm beigepflichtet, da kommt dir nämlich fast das Kotzen, wenn du das siehst.
Mahlzeit, hatte Wagner zu witzeln versucht.
Und dann finden wir immer wieder einzelne Knochen, die man noch analysieren und zuordnen muss.
Menschenknochen? hatte Wagner gefragt.
Na, hoffentlich nicht, hatte Cerny geantwortet. Aber inzwischen schließe ich gar nichts mehr aus. Dieser Moser muss wirklich verrückt gewesen sein. Wer weiß, was der noch alles in seinem Garten vergraben hat.
Und im Haus? Habt ihr da was gefunden?
Du meinst die Mädchen? Nein. Fest steht nur, dass sie im Haus gewesen sein müssen. Das Spurenmaterial ist eindeutig. Aber die Fahndung nach den beiden läuft natürlich auf Hochtouren.
Schule? Freunde?
Negativ. Die Mädchen scheinen sich ziemlich abgesondert zu haben. Da weiß niemand was. Eine aus ihrer Klasse hat gesagt, sie wären bei einer Sekte oder so was, aber was Genaues hat sie auch nicht gewusst.

Also vielleicht doch Satanisten?
Wenn's dich beruhigt, in der Szene hört sich gerade ein Kollege um, allerdings bis jetzt ohne Resultat. Normalerweise sind das ja bloß harmlose Spinner, das weißt du selber. Was anderes macht mir mehr Sorgen: Wir haben auch noch die Fingerabdrücke von einem dritten Kind gefunden. Wer das sein könnte, wissen wir noch nicht, abgängig gemeldet worden ist in letzter Zeit jedenfalls keines. Die Kollegen vom Erkennungsdienst sagen, dass es sich um ein relativ kleines Kind handeln muss, so zwischen acht und zehn Jahre alt.
Scheiße.
Tja. Aber wie gesagt, wir wissen eigentlich noch immer nichts Genaues.
Auch nicht, woran Moser gestorben ist?
Doch. Laut Autopsiebericht war es ein Cocktail aus irgendwelchen Chemikalien. Irgendein giftiges Zeug, das er vermutlich noch von seiner ehemaligen Arbeit im Haus gehabt hat. Aber ob er das freiwillig geschluckt hat, oder ob er von wem dazu gezwungen worden ist, das müssen wir erst rausfinden. Wenn wir's überhaupt rausfinden. Bei der Obduktion hat man außerdem einen Gehirntumor entdeckt. Moser hätte also ohnehin nicht mehr lange zu leben gehabt. Die Zeitungen setzen uns jedenfalls ziemlich unter Druck und das Fernsehen auch. Und was passiert, wenn sich erst einmal unsere geliebten Politiker einmischen, das will ich mir noch gar nicht vorstellen.
Ich frag mich nur, warum sich die Mädchen noch nicht gemeldet haben, wenn sie noch am Leben sind. Die müssen doch inzwischen auch mitbekommen haben, was sie mit ihrem Verschwinden angerichtet haben.
Na, ja, das kennen wir ja. Entweder haben sie Schiss, oder sie liegen irgendwo im Süden in der Sonne oder bumsen fröhlich durch die Gegend und wissen von nichts.
In diesem Moment waren im Garten laute Rufe zu hören gewe-

sen: Scheiße! Was ist denn das? Sag bloß, das ist ein Affenkopf! Das schaut ja fürchterlich aus! Und Cerny hatte das Gespräch abgebrochen und war zurück aufs Grundstück geeilt.

Wagner blickte auf das tote Eichkätzchen und erschrak. Es sah so aus, als würde das Tier noch leben. Eine Pfote zuckte, und der ganze Körper veränderte langsam seine Lage. Es waren die Ameisen. Der halbe Ameisenstaat war unter das Tier gekrabbelt und bewegte es Millimeter um Millimeter wieder auf das Gestrüpp zu. Ein gespenstischer Leichenzug, der den Eindruck erweckte, als wollte der Kadaver in Zeitlupe zu der Stelle zurückkriechen, von der Wagner ihn weggeholt hatte.
Wagner überlegte, ob er das Tier einfach in die Mülltonne vorm Gartentor werfen sollte. Doch das würde vermutlich eine Ameisenstraße hervorrufen, die von der Tonne quer durch den Garten liefe. Und auch der Aasgestank würde weiter in der Luft hängen. Am vernünftigsten wäre es natürlich, das Tier einzugraben. Aber das schien Wagner ebenfalls nicht die richtige Lösung zu sein. Er wollte, dass alles hundertprozentig verschwinden sollte, das tote Eichkätzchen ebenso wie die Ameisen. Verbrennen, dachte Wagner. Verbrennen, und was dann noch übrig bleiben sollte, das könnte er immer noch in der Erde vergraben.
Er ging hinaus zu seinem Auto und holte den Benzinkanister, den er immer mitführte, und das Feuerzeug, das neben einer Taschenlampe, einer Packung Kaugummi und einer Schachtel Zigaretten, die er dort irgendwann vergessen hatte, im Handschuhfach lag.
Er übergoss das Tier mit Benzin und zog zusätzlich rundherum eine breite Benzinspur in die Wiese, so dass die Ameisen keine Chance hatten zu entkommen. Dann schraubte er den Kanister wieder zu, stellte ihn in sicherer Entfernung ab, hielt die Flamme des Feuerzeugs an ein zusammengerolltes Papiertaschentuch und warf die Lunte auf den benzingetränkten Kadaver. Mit einem

trockenen *Flapp!* schossen die Flammen empor, rot und gelb und dann blau, der tote Körper krümmte sich im Feuer, ein paar Ameisen gelang die Flucht aus dem Inferno, und wenige Minuten später war alles vorbei. Mitten in dem niedergebrannten, runden schwarzen Fleck in der Wiese lag ein glosendes Häufchen. Ein dunkel gefärbtes, kleines Skelett, an dem noch ein bisschen verbranntes Fell haftete.

Wagner nahm den Spaten und schlug ihn ein paar Mal flach auf das Skelett, bis es in kleine Stücke zerbarst. Dann stieß er den Spaten in den Brandfleck und begann, das Erdreich umzustechen wie in einem Gemüsebeet. Er ackerte die verkohlten Tierreste sorgfältig in die Erde ein, ganz tief, bis an der Oberfläche nur mehr satter, feuchtbrauner Humus zu sehen war, den er mit ein paar Rasenziegeln bedeckte. In ein paar Tagen würde es hier aussehen, als wäre nie etwas geschehen. Und der Verwesungsgeruch war jetzt schon verschwunden.

Wagner war froh, dass er das alles so schnell geschafft hatte. Er wusste, wenn er nicht sofort gehandelt hätte, wäre sein Ekel vor dem toten Tier ins Unermessliche gewachsen, und dann hätte er möglicherweise tagelang nichts unternommen, um den Kadaver zu entfernen, und vielleicht hätte er den Garten sogar überhaupt gemieden. Er kannte sich: In solchen Situationen war sein Bauch stärker als sein Verstand. Außerdem wäre es gar nicht gut gewesen, wenn Christina das tote Eichkätzchen gesehen hätte. Tod und Verwesung in seinem Garten – wer weiß, welche Ängste im Zusammenhang mit den vermissten Mädchen das wieder in ihr geweckt hätte! Doch jetzt würde sie mit Sicherheit nichts Ungewöhnliches bemerken.

Christina hatte heute Morgen versprochen, nach ihrem Mittagsdienst im Lindenwirt in den Garten zu kommen. Muss mich ja schön langsam mit unserer Sommerresidenz anfreunden, hatte sie gesagt und dabei gelächelt. Jetzt war es zwei vorbei, und Christina würde sicher demnächst auftauchen.

Wagner trat die Rasenziegel fest, verwischte mit den Schuhspitzen die Ränder, wusch sich am Gartenschlauch die Hände, und dann brachte er den Benzinkanister zurück zum Auto und verstaute ihn im Kofferraum. Gerade rechtzeitig, denn als er den Deckel zuschlug, bog Christina schon um die Ecke, und ein paar Sekunden später lehnte sie ihr Fahrrad an den Gartenzaun.

„Servus, Chris!"

„Hallo, Klaus!" Christina drückte Wagner einen Kuss auf die Wange. Dann nahm sie einen Korb vom Gepäckträger. „Ich hab uns was mitgebracht. Kleines Picknick im Grünen. Hoffentlich hast du Hunger."

Hatte er nicht. Im Gegenteil, die Tortenorgie der vergangenen Nacht machte seinem Magen nach wie vor zu schaffen. Außerdem hatte er kaum Schlaf gefunden und seine Schultern schmerzten. In so einem Zustand litt er immer unter Appetitlosigkeit, und die Sache mit dem toten Eichkätzchen hatte seine Esslust auch nicht gerade gefördert. Aber andererseits freute er sich natürlich darüber, dass Christina offenbar doch Geschmack an der Idee mit dem Garten gefunden hatte.

„Großartig", log Wagner. „Unser erstes gemeinsames Essen im Garten. Ich freu mich riesig." Er überlegte kurz und holte dann eine rot-schwarz karierte Wolldecke von der Rückbank seines VW-Käfers. „Zum Draufsetzen. Wir haben zwar früher einmal Gartenstühle gehabt, aber ich hab keine Ahnung, wo die jetzt sind."

„Decke in der Wiese ist perfekt", sagte Christina und strahlte Wagner an. Sie schien heute bester Laune zu sein.

Und dann staunte Wagner, was Christina alles aus dem kleinen Korb zutage förderte. Auf die unvermeidliche Thermoskanne Kaffee folgten Becher, Teller, Gabeln, Papierservietten, in Scheiben geschnittenes Weißbrot, eine Plastikschüssel mit Kartoffelsalat, noch eine mit Gurkensalat, und zu guter Letzt ein in Alufolie verpacktes, vorsorglich in Stücke zerteiltes, ganzes Brathuhn.

Christina faltete eine Papierserviette auseinander und steckte sie in den Ausschnitt ihrer schwarzen Kellnerinnenbluse. „Keine Zeit zum Umziehen. Aber ich muss ja nachher nicht unbedingt mit Fettflecken auf der Bluse im Dienst erscheinen, oder?" Dann schnappte sie sich einen Hühnerflügel und begann ihn abzunagen.

Wagner legte eine halbe Hühnerbrust auf seinen Teller und dazu ein bisschen Kartoffelsalat. Dann stellte er den Teller neben sich auf der Decke ab und griff nach der Thermoskanne.

„Vielleicht doch lieber zuerst einen Kaffee."

„Ganz wie du magst, Klaus", sagte Christina und riss aus dem Hühnerflügel einen langen, dünnen Knochen, um besser an das zarte Fleisch zu kommen. Sie führte den Knochen in ihren Mund, zog ihn dann ganz langsam zwischen den zusammengebissenen Zähnen heraus und legte das blank geputzte Stück an den Rand der Alufolie. Dann folgte der nächste Knochen.

Wagner saß mit angezogenen Beinen auf der Decke, trank schluckweise seinen Kaffee und beobachtete Christina, wie sie genussvoll den Hühnerflügel zerlegte und die Fleischfasern von den Knochen löste.

„Schmeckt's?"

„Mhm. Ich liebe Brathuhn. Du nicht?"

„Doch. Geht so."

„Außerdem ist Hühnerfleisch gesund."

„Ja. Hab ich gehört."

„Und wieso isst du dann nichts?"

„Weiß nicht. Vielleicht später."

Christina war mit dem Flügel fertig. Jetzt nahm sie sich die andere Hälfte der Hühnerbrust. Sie bohrte einen Zeigefinger zwischen die Rippen und das schwarz gebratene Lungengewebe, riss die Lunge vorsichtig heraus und ließ sie in ihrem Mund verschwinden.

„Einfach herrlich", murmelte sie mit vollem Mund.

Wagner schob Christina seinen Teller hin.
„Wenn du willst, Chris? Du kannst meins gern auch haben."
„Ehrlich?"
„Klar."
„Danke", sagte Christina und nahm das Bruststück vom Teller. „Das ist einfach das Beste. Aber alles andere ist dann nur für dich, ja?"
„Später, Chris. Später."
Wagner blickte auf den Rest des Brathuhns, das auf der fettigen Folie lag. Vielleicht doch ein ganz kleines Stück, einfach um Christina eine Freude zu machen, dachte er. Einen Bissen wenigstens.
Doch dann sah er sie: die Ameisen! Die Überlebenden, die der großen Ameisenhölle entkommen waren. Und die sich dafür nun am toten Hühnerfleisch schadlos hielten. Zehn, elf, zwölf bis jetzt, doch wer weiß, wie viele noch kommen würden, schon im Anmarsch waren auf ihrer Heerstraße durch den Garten. Denn es war wohl klar, dass es nur ein kleiner Teil des Ameisenvolks gewesen sein konnte, der vorhin im Feuer den Tod gefunden hatte.
Mit ein paar hastigen Griffen packte Wagner das restliche Huhn samt den Ameisen in die Folie.
„Damit alles frisch bleibt, weißt du. Wär' ja sonst schade drum."
„Du hast Recht", sagte Christina. „Ich lass' dir alles da. Du kannst mir den Korb ja am Abend wieder mitbringen."
Sie steckte noch ein Stück Brot in den Mund, wischte sich mit zwei Servietten sorgfältig den Mund und die Finger ab und streckte sich dann mit einem zufriedenen Seufzen auf der Decke aus.
„Ach, war das fein." Sie verschränkte ihre Hände hinter dem Kopf und blinzelte in den Himmel. „Es ist wirklich herrlich hier, Klaus. Wirklich herrlich." Sie räkelte sich und machte die Augen zu, als wollte sie schlafen.

Wagner kippte das kleine Häufchen Kartoffelsalat von seinem Teller zurück in die Schüssel. Dann drückte er leise die Plastikdeckel auf die Salatschüsseln, sammelte die Teller und Gabeln ein, wickelte die Brotscheiben in eine Serviette und gab alles in den Korb. Nur die Thermoskanne und die Kaffeebecher nicht. Und auch nicht das Alufolienpaket. Das würde er später, wenn Christina gegangen wäre, in die Mülltonne werfen. Oder besser auch vergraben.

Er schenkte sich einen Becher Kaffee ein, und dann setzte er sich hin und betrachtete Christina. Sie war tatsächlich eingeschlafen. Ihre Lippen waren leicht geöffnet und ihre Brust hob und senkte sich sanft. Eine Haarsträhne war ihr über die Stirn gefallen und bewegte sich bei jedem Atemzug. Was hinter dieser Stirn jetzt wohl vorging? Welche Bilder, welche Träume? Und ob er in ihnen auch vorkam? Er und der Garten und eine gute gemeinsame Zeit. Oder lauerten irgendwo schon wieder ihre bösen Erinnerungen und übermächtigen Ängste? Um das bisschen Hoffnung auf Glück zu zerfressen wie hässliche Ameisen? Lasst sie doch in Ruhe. Gebt ihr eine Chance. Gebt uns eine Chance.

Chris, Chris, Chris.

Es war gut, dass sie schlief. Es war gut, dass sie keine Fragen stellte. Es war gut, dass sie nicht reden mussten. Über das, was auf dem Grundstück nebenan vor sich ging. Und über die Mädchen.

Chris, Chris, Chris.

Er hätte jetzt ewig nur so dasitzen und sie anschauen mögen. Hoffentlich würde es nicht schon wieder zu regnen anfangen. Hinter dem Haus waren ein paar Wolken aufgezogen. Aber die konnten sich genau so gut einfach wieder in Nichts auflösen.

Plötzlich schreckte Christina auf.

„Du lieber Gott! Wie spät?"

„Halb fünf. Wieso?"

„Was? Halb fünf? Hab ich geschlafen?" Christina sprang auf.

„Höchste Zeit. Ich muss wieder zurück. Wir haben heute den Gastgarten geöffnet. Bei dem Wetter sind sicher schon die ersten Gäste da.“
„Nicht einmal mehr einen Kaffee?“
„Sorry. Ich muss wirklich.“
Sie liefen zum Gartentor. Und während Christina ihr Fahrradschloss aufsperrte, sagte sie: „Also dann bis heute Abend, ja? So um elf?“
„Bei dir oder bei mir?“ sagte Wagner. Schön, wieder das alte Spiel.
„Bei mir“, sagte Christina und lächelte Wagner verheißungsvoll an. „Übrigens, meine Tage sind vorbei. Alles klar, Klaus?“ Sie warf Wagner eine Kusshand zu, stieg aufs Rad und raste los.
Wagner blickte Christina nach, bis sie um die Ecke verschwunden war. Als er sich umdrehte, sah er ein kleines Mädchen auf einem roten Kinderfahrrad die Straße herauf fahren. Er hatte dieses Mädchen noch nie zuvor gesehen. Doch als es langsam an ihm vorbeifuhr, wandte es ihm sein Gesicht zu und sagte leise „hallo“.
In diesem Augenblick war Wagner mit einem Schlag völlig gleichgültig, welche Hoffnungen ihm Christina gerade eben gemacht hatte. Er hatte das Gefühl, der Boden unter seinen Füßen würde sich aufblähen wie eine heiße Schlammblase und wieder zusammenfallen und ihn nach unten saugen.
Dieses Gesicht!
Nein, er hatte das Mädchen noch nie gesehen. Aber er wusste, wem dieses Gesicht gehörte. Er kannte dieses Gesicht. Dieses blasse Gesicht mit den großen, dunklen Augen. Dieses Gesicht mit dem Feuermal auf der Wange. Es war das Gesicht seiner toten kleinen Schwester. Es war Julias Gesicht.
Dieses Mädchen war Julia.

Jetzt hatten sie ihr also den Strom abgedreht.
Sie hatte Teewasser aufgesetzt, aber nach einer Viertelstunde hatte es noch immer nicht gekocht. Da hatte sie ihre Hand auf die Herdplatte gelegt und bemerkt, dass die Platte kalt war. Und auch die anderen Kochplatten und das Backrohr funktionierten nicht, da konnte sie an den Schaltern drehen, soviel sie wollte. Genauso das Licht. Im ganzen Haus. Keine einzige Lampe ließ sich einschalten. Der Kühlschrank war auch schon abgetaut. Sie hatten ihr also tatsächlich den Strom abgedreht.
Ihr Sohn und seine Komplizin versuchten wohl alles, um sie aus dem Haus zu vertreiben. Jedes Mittel war ihnen recht. Nicht einmal vor Handgreiflichkeiten oder Diebstahl scheuten sie zurück. Der Schmuck war schon weg, genauso wie Julias Geld. Erst neulich wollte sie sogar ihr eigener Sohn in einem Wutanfall beinahe umbringen. Und jetzt hatten sich die beiden die nächste Gemeinheit einfallen lassen.
Doch sie würde auch das aushalten. Keine einzige Klage würde aus ihrem Mund kommen. Ihr Sohn wartete doch nur darauf, sie als hilflose Person hinstellen zu können. Und dann hieße es: Raus aus dem Haus und ab ins Altenheim.

Ohne Strom leben zu müssen, das war doch wirklich nicht schlimm. Das hatte sie schon einmal durchgestanden. Im Krieg, als die Amerikaner die Stadt bombardiert hatten. Fünf Tage lang war sie damals im Luftschutzkeller verschüttet gewesen. Fünf Tage und Nächte ohne Strom, ohne Licht, ohne Essen. Nur mit ein paar Feldflaschen Wasser. Als die Sirenen geheult hatten, war sie in den Keller gerannt und hatte gedacht, in zwanzig Minuten wäre alles wieder vorbei, wie schon so oft in diesen Tagen. Die meisten Bewohner des Hauses waren sogar in ihren Wohnungen geblieben, weil sie geglaubt hatten, es würde schon nichts passieren. Doch dann war da ein Heulen gewesen und dann ein Schlag, so laut und mächtig, wie sie es in ihrem ganzen Leben noch nicht gehört hatte. Und danach ein Beben und Krachen wie ein Donnern, das einfach nicht aufhören wollte. Sie hatte nur die Lampe an der Decke angestarrt, das Licht hatte ein paar Mal geflackert und war dann erloschen, und da hatte sie sofort gewusst, dass das Haus getroffen worden und eingestürzt war. Aber sie waren am Leben geblieben, sie und der alte Herr Gruber. Die einzigen, die in den Luftschutzkeller geflüchtet waren. Die einzigen, die in diesem Haus überlebt hatten. Sie waren im Dunkeln gesessen und die meiste Zeit hatten sie geschwiegen und auf die Geräusche gehört, die von oben gekommen waren. Manchmal ein Poltern, manchmal ein Knirschen, manchmal ein Splittern, manchmal Stimmen, und dann lange wieder nur Stille. Sie holen uns hier raus, hatte der Herr Gruber immer wieder gesagt. Sie holen uns hier raus, Fräulein Baumann, sie holen uns hier raus. Und sie hatten sich das Wasser geteilt, jeder immer nur ganz winzige Schlucke. Manchmal war sie ein bisschen eingenickt, aber Hunger, nein, Hunger hatte sie eigentlich nie verspürt. Nur die Angst war schrecklich gewesen. Diese Angst, aus dem Keller nie wieder herauszukommen. Ein Leben lang eingeschlossen zu bleiben im Dunkeln. Weil es nie enden würde, nie, auch wenn der alte Herr Gruber das Gegenteil behauptete. Für immer gefangen zu sein in diesem Loch, mit nichts als dieser Stimme, die in alle Ewigkeit wiederholen würde, sie holen uns hier raus, Fräulein Baumann, sie holen uns hier raus. Doch dann hatte sie an Ludwig gedacht, an Ludwig und an seine wunderschönen Briefe, die er ihr aus der Kriegsgefangenschaft geschrieben hatte, und an all das, was er ihr in diesen Briefen versprochen hatte, dass sie heiraten würden, wenn der Krieg endlich zu Ende wäre, heiraten und ein Haus bauen, ihr eigenes kleines Haus am Stadtrand, ganz in der Nähe vom Lindenwirt, zu dem sie bei seinem letzten Heimaturlaub hinausgefahren waren und wo er sie gefragt hatte, ob sie seine Frau werden würde, ihr eigenes Haus, in dem sie glücklich sein würden, und Kinder würden sie haben und alles würde gut werden. Daran hatte sie gedacht und auf einmal hatte sie keine Angst mehr gehabt oder nur mehr ganz selten. Und als man sie herausgeholt hatte, war sie ganz erstaunt gewesen, dass sie tatsächlich nur fünf Tage eingeschlossen gewesen war, denn sie hatte gedacht, es wären Jahre gewesen. Von ihrer kleinen Wohnung war nichts übrig geblieben als die hintere Wand und der halbe Boden des Schlafzimmers. Und das Nachtkästchen. Wie eine gespenstische Theaterkulisse. Und in der Schublade des Nachtkästchens hatte sie die Mappe mit ihren Papieren gefunden. Und Ludwigs Briefe. Und das war auch schon alles gewesen, was sie besessen hatte, als der Krieg zu Ende gewesen war. Ihr Vater war irgendwo in Russland gefallen. Ihre Mutter hatte im Herz-Jesu-Asyl ein halbes Jahr lang einem viel zu frühen Tod entgegengedämmert, in einem weiß gestrichenen Eisenbett in einem Krankensaal, in dem noch dreißig weitere Eisenbetten gestanden waren, nichts als weiß gestrichene Eisenbetten mit sterbenden Frauen, und wo es immer nach Desinfektionsmitteln und Urin und abgestandenem Essen gerochen hatte. Sie selber war bei einer alten Tante untergekommen und hatte in deren Bäckerei als Verkäuferin ausgeholfen, ohne recht zu wissen, wie es denn nun weitergehen würde mit ihrem Leben und mit ihren Träumen. Sie hatte einfach gewartet. Nach einem Jahr war dann tatsächlich eines schönen Tages Ludwig ins Geschäft gekommen. Und Ludwig hatte Wort gehalten, und alles war so geworden, wie er es ihr in seinen Briefen versprochen hatte.

Sie hatten Glück gehabt. Die Autowerkstatt, in der Ludwig vor dem Krieg als Mechaniker beschäftigt gewesen war, hatte nicht mehr existiert, aber dann hatte er erfahren, dass man bei der Polizei Leute aufnehme. Ludwig war ja politisch unbelastet gewesen,

wie es damals geheißen hatte, und so war es kein Problem für ihn gewesen, in den Polizeidienst aufgenommen zu werden. Und bald darauf hatten sie das Grundstück gekauft, für einen Pappenstiel, aber verschuldet hatten sie sich trotzdem für Jahrzehnte.
Beim Bauplan hatte ihnen ein ehemaliger Schulkamerad Ludwigs geholfen, der Bauzeichner gelernt hatte. Gemeinsam mit anderen Freunden hatten sie die Baugrube ausgehoben und das Fundament zementiert. Und dann hatten sie ihr Haus gebaut. Das Erdgeschoß mit alten Ziegeln von Abbruchhäusern. Tagelang war sie damit beschäftigt gewesen, den alten Mörtel von den Ziegeln abzuklopfen und mühsam abzukratzen, aber es waren gute Ziegel gewesen, stabil und vor allem billig. Ein Polizeikollege Ludwigs war früher Maurer gewesen und hatte nun mitgeholfen, die Mauern hochzuziehen. Ein anderer war Bauzimmerer gewesen, wieder ein anderer Elektriker. Und Ludwig hatte geschickte Hände, und mit der Zeit hatte er sich all die Fertigkeiten und Kenntnisse angeeignet, die man braucht, um ein Haus zu bauen. Ein schönes, kleines Haus. Mit weißem Rauverputz und einem Stockwerk aus dunkel gebeiztem Eichenholz und einem Giebeldach mit roten Dachziegeln und mit dunkelgrün gestrichenen Fensterläden.
Vier Jahre lang hatten sie gebaut, an jedem Wochenende, an jedem Feiertag, in jeder freien Stunde, halbe Nächte, bei jedem Wetter. Und sie hatte alles gemacht, hatte Mörtel gemischt und Kübel geschleppt und Dielen geschrubbt und Wände gestrichen und Gardinen genäht und im Garten die ersten eigenen Paradeiser gepflanzt und ein Jahr darauf Ribiselstauden und einen Zwetschkenbaum. Und sie war glücklich gewesen. Glücklich und voll Zuversicht.
Nein, einfach und leicht war es nicht gewesen, aber irgendwann besaßen sie es: ihr eigenes Haus, ihre eigene Familie, ihr eigenes Leben.
Also, was sollte ihr schon passieren? Sie hatten ihr den Strom abgedreht, aber sie würde wieder überleben. So furchtbar wie im

Luftschutzkeller konnte es gar nicht werden. Die Tage waren hell. Sie hatte Wasser. In der Speisekammer standen Gläser voll selbst gemachter Marmelade. Sie würde nicht verhungern. Das Zeug, das jetzt im Kühlschrank schlecht wurde, hatte sie ohnehin nicht gemocht. Und letzte Nacht hatte sie Ludwigs Briefe wieder gefunden.

Ja, sie hatte hier alles, was sie brauchte. Und sie würde das Haus bestimmt nicht verlassen. Nicht, solange die beiden da draußen im Garten waren und das Haus belauerten. Wie hinterhältige Wilddiebe, die darauf warten, dass ihnen ein Tier in die Falle geht, das sie dann ganz einfach packen und fortbringen können. Denn genau das hatten sie mit ihr vor, das wusste sie. Wozu sonst wäre es gut gewesen, ihr den Strom abzudrehen? Doch nur, weil sie sehen wollten, wie lange sie durchhalten würde. Aber sie würde lange durchhalten. Fünf Tage, fünf Jahre. Wie damals.

Sie würde einfach Ludwigs Briefe lesen, und dann würde auch die Angst wieder verschwinden. Außerdem hatte sie ja noch sein Lieblingslied. Selbst wenn sie die Schallplatte jetzt nicht mehr spielen konnte. Das Lied war in ihrem Kopf, sie konnte es singen. Immer wieder konnte sie es singen. *Vor meinem Vaterhaus steht eine Linde, vor meinem Vaterhaus steht eine Bank, und wenn ich sie einst wieder finde, dann bleib* ich *dort mein Leben lang.* Unser Haus, Ludwig. Unser Lied.

Was konnten die beiden da draußen schon davon wissen, dass sie etwas besaß, das immer wieder stärker sein würde als ihre Angst? Sie würde einfach warten. So, wie sie im Luftschutzkeller gewartet hatte. Und so, wie sie auf Ludwig gewartet hatte. Und alles war gut geworden.

Entweder war er plötzlich wahnsinnig und hatte Halluzinationen, oder er befand sich schon wieder in einem Albtraum, alles andere kam für Wagner einfach nicht in Frage. Oder doch, eine Möglichkeit gab es noch: Er war in einen Horrorfilm geraten. In eines dieser abgrundtief schlechten Machwerke, die er schon früher nie gemocht hatte, weil nichts an ihnen logisch oder glaubhaft ist. Und es konnte sich doch wirklich nur um so einen total beschissenen Film handeln, wenn er schon damit anfängt, dass Wagner seine tote Schwester auf einem roten Kinderfahrrad die Straße entlang fahren sieht.

Und während er Julia nachblickt, die aus dem Reich der Toten gekommen ist und jetzt um die Ecke biegt und verschwindet, wie eine Minute davor Christina, hört er hinter sich im Haus die Stimme seiner Mutter, die auf einmal dieses fürchterliche Lied singt, diesen entsetzlichen Schmachtfetzen, den er sich schon vor über vierzig Jahren immer anhören musste, damals, als Julia tatsächlich noch gelebt hat.

Doch das ist erst der Auftakt zu einer Serie von Szenen, die nur einem völlig kranken Gehirn entsprungen sein konnten.

Wagner geht zurück in den Garten. Hier sieht alles noch genauso aus, wie zu dem Zeitpunkt, an dem Christina hastig aufgebrochen war. Wagner nimmt den Korb mit dem Essen, das Alufolienpaket mit dem restlichen Brathuhn, die Thermoskanne und die Kaffeebecher und stellt alles ins Gras neben die karierte Wolldecke. Dann beutelt er die Decke aus, faltet sie sorgfältig zusammen und legt sie neben den Korb. Er konzentriert sich auf jeden Handgriff, jede Berührung, und achtet auf die unterschiedlichen

Empfindungen, welche die verschiedenen Dinge in seinen Handflächen und Fingerspitzen auslösen: das rippige Flechtwerk des Korbgriffs, die scharfen Kanten und Spitzen der zerknüllten Alufolie, die kühle Glätte der Thermoskanne und der Becher und die weiche Rauheit der Wolldecke. Dann streicht er mit der flachen Hand über ein paar niedergedrückte Grashalme an der Stelle, wo die Decke lag. So, als müsste er sich vergewissern, dass er sich das alles nicht nur einbildet, sondern dass es tatsächlich existiert.

Doch, alles ist wirklich da. Auch der Gesang seiner Mutter, der noch immer aus dem Haus zu hören ist. Und die Ameisen, die auf der Alufolie krabbeln und die er rasch wegpustet, bevor er die Brathuhnreste zum Gartentor trägt und dort in die Mülltonne wirft. Nur das kleine Mädchen auf dem Fahrrad ist nicht da, als er auf die Straße blickt. Dafür fährt jetzt ein Streifenwagen ganz langsam vorbei. Wagner hebt die Hand zum Gruß, aber die Kollegen im Auto bemerken ihn nicht. Vermutlich fahren sie hier jetzt ein bisschen öfter Streife, damit sich die Leute in der Gegend wieder sicher fühlen. Bewährte Polizeimethode. Einfach Präsenz zeigen, bis sich die Aufregung wieder gelegt hat, nachdem ein Verbrechen geschehen ist.

Da fällt Wagner ein, dass er völlig vergessen hat, neue Schlösser fürs Gartentor und die Haustür zu besorgen. Gleich morgen Vormittag wird er das erledigen, nimmt er sich vor. Und den Kühlschrank seiner Mutter sollte er vielleicht auch wieder auffüllen. Er könnte ihr ja gleich einmal die Schüsseln mit dem Gurkensalat und dem Kartoffelsalat bringen. Gute Idee, denkt er, das wird er jetzt machen. Frisch aus dem Lindenwirt, wird er sagen. Passt zu dem Lied, das sie singt.

Er holt den Korb, aber auch auf dem sind jetzt Ameisen. Irgendwo im Garten muss sich ein riesiges Ameisenvolk angesiedelt haben. Weiter hinten, versteckt am Boden unter dem Gestrüpp, oder möglicherweise auf dem benachbarten Grundstück. Ameisen machen vor nichts Halt, wenn sie auf Nahrungssuche sind, sie kennen keine Grenzen. Wagner erinnert sich, dass diese lästigen Tiere schon seinen Vater manchmal zur Verzweiflung gebracht haben. Lange Zeit merkt man nichts von ihnen, und dann tauchen sie schlagartig auf und verbreiten sich wie eine Epidemie. Sogar ins Haus dringen sie ein. Vater griff dann immer zu DDT, um sie zu bekämpfen. Vergiftete sie mit diesem weißen Puder, das heute verboten ist, weil es beim Menschen Krebs erregt.

Wagner stellt den Korb wieder ab und geht hinters Haus in die Hütte mit dem Gartenwerkzeug. Auf einem Regalbrett steht noch immer der alte DDT-Behälter, eine leicht angerostete Blechdose, die mit ihren kleinen Löchern an der Oberseite aussieht wie ein Staubzuckerstreuer. Wagner nimmt sie und schüttelt sie vorsichtig. Die Dose ist gut gefüllt, und in all den Jahren scheint der giftige Puder nicht verklumpt zu sein.

Mit der Dose in der Hand macht sich Wagner auf die Suche. Er braucht nicht lange, bis er entdeckt, was er befürchtet hat: eine Ameisenstraße, die aus der Wiese heraus quer über den schmalen zementierten Weg direkt zum Haus verläuft, und dann am Sockel ein paar Handbreit hinauf bis zu einem kaum sichtbaren Riss hinter abgeblättertem Verputz. Hier verschwinden die Ameisen in der Mauer.

Wagner bedeckt gut einen Meter der Ameisenstraße mit einer dicken Schicht DDT. Dann hockt er sich hin und beobachtet ein paar Minuten lang den Todeskampf der Tiere. Und denen, die dem tödlichen Pulver entkommen, verpasst er sofort eine Extradosis des weißen Gifts. Später wird er sich noch um die kümmern, die schon im Haus sind. Aber davor wird er wohl noch seine Mutter überreden müssen, ihm endlich die Schlüssel für die Zimmer zu geben, damit er wenigstens im Erdgeschoß nach den Ameisen suchen kann. Wer weiß, vielleicht sind sie sogar schon in Mutters Schlafzimmer, und sie hat bis jetzt nichts davon bemerkt.

Morgen wird er dann das Übel bei der Wurzel packen. Wird den Ameisenhaufen suchen und ihn mit Benzin übergießen und anzünden. Wird das Viehzeug ausrotten, bevor es ihm noch den ganzen Garten versaut.
Er bringt die DDT-Dose in die Hütte zurück, nimmt den Korb und geht ins Haus. Er hört seine Mutter in der Küche singen. Immer noch dasselbe Lied, wie eine Schallplatte, die ständig von vorn beginnt. Und im Vorhaus hängt nach wie vor der Weihnachtschmuck. Doch was Wagner vor allem auffällt, das ist der Geruch. Es riecht irgendwie anders als sonst. Nicht nur muffig und ungelüftet, sondern faulig. Wie verdorbener Fisch oder vergammeltes Fleisch.
Wagner geht in die Küche. Seine Mutter sitzt in der Essecke und tut so, als würde sie ihn überhaupt nicht wahrnehmen. Sie singt unbeirrt weiter, vielleicht sogar noch ein wenig lauter als zuvor, und hat ihre Hände schützend auf einen kleinen Stapel Papier gelegt. Alte Briefe, wie es auf den ersten Blick aussieht.
Was soll's, er will ohnehin nur die Schüsseln mit den Salaten in den Kühlschrank stellen. Er öffnet die Kühlschranktür. Jetzt ist klar, woher der üble Geruch kommt, denkt er. Das alte Gerät hat sich ausgeschaltet, und jetzt stinken die aufgetauten Gemüse- und Fischpackungen vor sich hin. Wer weiß, vielleicht schon seit gestern. Er räumt den Kühlschrank aus und steckt die Packungen in einen Abfallsack, den er fest verknotet. Dann schaltet er den Kühlschrank wieder ein, aber nichts tut sich. Das Ding ist kaputt. Intuitiv drückt Wagner auf den nächsten Lichtschalter. Kein Licht. Ebenso im Vorhaus. Und auch kein Licht im Backrohr, wenn er die Klappe öffnet. Offenbar ist im ganzen Haus der Strom ausgefallen.
Der Sicherungskasten befindet sich hinter der Kellertür, das weiß Wagner noch. Aber die Tür ist abgesperrt, und den Schlüssel, wie alle anderen, hat seine Mutter in ihrer Küchenschürze. Nur den Kellerschlüssel, ja? Nur den Kellerschlüssel, sagt Wagner zu seiner

Mutter und versucht vorsichtig, in ihre Schürzentasche zu greifen. Da verstummt die alte Frau, diese kleine, zierliche, gebrechliche alte Frau, und fährt plötzlich hoch und schlägt Wagner ins Gesicht. Nur ein einziges Mal. Aber mit einer Kraft, die er ihr nie zugetraut hätte. Dann lässt sie die Hand sinken, sitzt wie erstarrt da und lässt sich widerstandslos den Schlüsselbund aus der Tasche nehmen. Und Wagner ist nicht zornig oder beleidigt oder traurig über das, was soeben geschehen ist. Alles, was er in diesem Augenblick fühlt, ist ein beinahe grenzenloses Erstaunen.

Als er die Kellertür aufmacht, schlägt ihm ein fürchterlicher Gestank entgegen, der ihn sofort an das tote Eichkätzchen erinnert. Mäuse, denkt er. Unten im Keller liegen wahrscheinlich tote Mäuse. Oder vielleicht sogar Ratten. Die Gegend scheint ja mit toten Tieren regelrecht verseucht zu sein. Nur dass die Kadaver hier leider nicht ausgestopft und präpariert sind, wie die toten Tiere drüben auf Mosers Grundstück.

Wagner drückt auf den Lichtschalter neben der Kellertür, aber es bleibt stockfinster. Er geht hinaus zum Auto und holt die Taschenlampe aus dem Handschuhfach. Auf dem Rückweg bemerkt er, dass sich neben den vergifteten Ameisen eine frische Ameisenstraße gebildet hat. Er hasst die Tiere. Er hasst alle Tiere. Zurzeit jedenfalls.

Er öffnet wieder die Kellertür und lässt den Lichtstrahl seiner Taschenlampe über die Stufen der Kellertreppe nach unten wandern. Nichts, kein totes Tier auf den Stufen. Der Lichtstrahl streift über die grob verputzten, kalkgetünchten Kellermauern und über Regale mit verfaulten Äpfeln und alten Marmeladegläsern, in denen fingerdick der Schimmel wuchert. Doch als der Lichtkegel ganz unten angelangt ist und ein helles Loch in die Finsternis reißt, spürt Wagner, dass sich der Boden unter seinen Füßen wieder aufbläht wie eine Schlammblase, so wie zuvor, als er geglaubt hat, seine tote Schwester in dem kleinen Mädchen auf der Straße wieder zu erkennen. Und dann platzt die Blase, und Wagner wird in einen Krater voll kochend heißem Schlamm gesaugt, der rasend schnell emporsteigt und Wagner die Brust zusammenpresst und ihn schließlich in einer Konvulsion wieder ausspeit.

Wagner hat die Taschenlampe fallen lassen. Sie liegt jetzt unten auf der vorletzten Stufe und beleuchtet einen großen schwarzen Fleck und einen Glasscherben auf dem grauen Zementboden. Wagner steigt zitternd die paar Stufen hinunter, setzt sich auf die Treppe und greift nach Lampe. Er zögert. Er atmet tief durch. Trotz des bestialischen Gestanks. Und dann richtet er das Licht auf das, was er vorhin gesehen hat.

Am Fuß der Kellertreppe liegen zwei tote Mädchen. Wagner weiß sofort: es sind Sandra und Daniela.

Er schaltet die Taschenlampe aus. Es nützt nichts. Auch wenn er sie nicht sehen kann, liegen die toten Mädchen hier zu seinen Füßen. Nur einen Meter von ihm entfernt. Sie verschwinden nicht. Sie sind wirklich da. Er riecht ihre toten Körper.

Er muss sie auch nicht berühren, muss sie nicht untersuchen, muss nicht nach ihrem Puls tasten, um festzustellen, dass sie tot sind. Es genügt, wenn er wieder den Strahl seiner Taschenlampe über sie gleiten lässt. Über ihre unnatürlich verrenkten Körper, die wie kaputte Puppen aussehen. Über die eingetrockneten Blutlachen unter ihren Köpfen. Über die zerbrochenen Likörflaschen am Boden. Über die starren, blicklosen Augen. Und über die Ameisen. Die Tausenden von Ameisen, die von den Toten Besitz ergriffen haben. Von ihren Gesichtern, ihren Nasenlöchern, ihren aufgerissenen Mündern. Ein dicker, dunkler, krabbelnder Strom. Es sieht so aus, als würden die Mädchen eine Flut aus schwarzen Ameisen erbrechen.

Wagner fühlt nichts. Nicht einmal sich selber. Ihm ist, als hätte er sich aufgelöst. Kein Körper. Kein Gedanke. Nicht einmal Ekel. Absolut nichts. Er schaltet die Taschenlampe ein. Er schaltet die Taschenlampe aus. Schaltet sie ein. Schaltet sie aus. Immer wie-

der. Die toten Mädchen. Die Ameisen. Der Verwesungsgeruch. Die Dunkelheit. Die Stille. Sonst nichts.
Eine Stunde lang. Oder länger.
Stillstand.
Auch die Welt ist verschwunden.
Nichts.
Bis Wagners Mutter auf einmal wieder zu singen anfängt. *Vor meinem Vaterhaus steht eine Linde, vor meinem Vaterhaus steht eine Bank* ... Wagner springt auf, rennt die Treppe hinauf und in die Küche. Er packt seine Mutter am Arm, zerrt sie hinaus vor die Kellertür und leuchtet hinunter auf die toten Mädchen.
Erklär mir das, bitte, sagt er. Ganz leise, weil ihm die Stimme versagt. Bitte, erklär mir das. Und sag mir, dass das nicht wahr ist.
Doch was er jetzt zu hören bekommt, ist wahr. Auch wenn diese Wahrheit nur eine hässliche Chimäre aus Irrsinn und Wirklichkeit ist. Es ist die Wahrheit seiner Mutter. Die Wahrheit im Kleid der Angst. Eine unbegreifliche Wahrheit. Und je mehr Wagner von dieser Wahrheit erfährt, desto unbegreiflicher wird sie für ihn. Und er wünscht sich, er müsste sie nicht hören.
Nein, er will nicht hören, was seine Mutter sagt, was sie hervorstößt in geflüsterten, abgerissenen Sätzen. Dass er doch nicht so tun soll, als wüsste er nicht, wer diese zwei besoffenen Weiber sind, die da unten im Keller ihren Rausch ausschlafen. Dass er ihr diese Weiber ja selber ins Haus geschickt hat, damit die sie quälen sollen, bis sie nachgibt und aus dem Haus auszieht. Dass sie ganz genau weiß, dass er sie in ein Pflegeheim abschieben will und dass er mit diesen Pflegerinnen unter einer Decke steckt, diesen Weibern, die sie fertig machen sollen, und wenn sie sich wehren würde oder beklagen, dann würde man sie erst recht als verblödete alte Frau hinstellen, die sich alles nur einbildet und schon allein deshalb ins Heim gehört.
Nein, er kann es nicht fassen, dass die Mädchen, diese perversen

Pflegerinnen, wie seine Mutter meint, vor Tagen einfach ins Haus gekommen sind. Dass sie seine Mutter eine blöde alte Sau genannt haben, die weg gehört, wie alle alten Leute. Dass die Mädchen ihr in den Tee gespuckt haben, kann er nicht fassen, und dass sie ihr auf den Kopf geschlagen haben, als sie sich geweigert hat, den Tee mit der Spucke zu trinken, an den Haaren gezogen und auf den Kopf geschlagen, zuerst mit den Fäusten und dann mit dem Kruzifix, das sie von der Wand gerissen haben, auf den Kopf geschlagen, bis sie geblutet hat. Und dass sie gesagt haben, dass das erst der Anfang ist, und dass sie schon einmal beten soll, weil sie jetzt mit der Hölle Bekanntschaft machen wird. Und am allerwenigsten kann er fassen, dass seine Mutter alles ertragen hat, mit dem Vorsatz, keiner Menschenseele davon auch nur ein einziges Wort zu sagen, weil nichts schrecklicher ist als ihre Angst. Ihre Angst vor ihm. Ihre Angst davor, an einem ebenso furchtbaren Ort zu enden wie ihre Mutter.

Er will sich auch nicht unwillkürlich fragen, was in den Köpfen von Halbwüchsigen vorgeht, die zu so etwas fähig sind. Wie abwegig veranlagt, gestört, grenzenlos dumm, gelangweilt oder hasserfüllt man sein muss, um offenbar Spaß daran zu haben, eine alte hilflose Frau zu terrorisieren.

Und nein, er will sich nicht vorstellen müssen, wie Sandra und Daniela den alten Getränkeschrank seines Vaters plündern. Wie diese vierzehnjährigen Mädchen Weinbrand und Schnaps und Kirschlikör und Mutters geliebten Baileys in sich hineinschütten, als wäre es Wasser. Wie sie betrunken durchs Haus torkeln und auf den Boden urinieren und weiter trinken und lachen und kreischen und im Vorhaus die Kellertür entdecken und sie öffnen. Und wie das Lachen plötzlich aufhört, und nur mehr ganz kurz das Klirren von Flaschen zu hören ist und ein Schrei und ein paarmal das dumpfe Geräusch aufschlagender Körper und ein leises Stöhnen, ein paar Sekunden lang, und dann nichts. Nein, er will sich nicht vorstellen, wie seine Mutter irgendwann die

Kellertür schließt und die Mädchen ganz einfach liegen lässt, froh darüber, dass endlich Ruhe ist und dass sie diese Weiber nicht mehr quälen können. Und wie sie nach ein paar Stunden in den Keller hinuntersteigt, um zu sehen, ob die besoffenen Weiber noch immer ihren Rausch ausschlafen, und wie eine sie anstarrt und irgendein Wort flüstert, das sie nicht versteht, und wie sie die Treppe einfach wieder hinaufsteigt und dann die Kellertür zusperrt.

Und er will auch nicht glauben, dass seine Mutter nicht mehr weiß, wann das alles geschehen ist. Gestern oder vor zehn Tagen, sie weiß es einfach nicht. Sie will es auch gar nicht wissen. Und jetzt soll er sie gefälligst mitnehmen, diese Weiber, mitnehmen und mit ihnen verschwinden. Und diese andere, mit der er dauernd draußen im Garten ist, die soll auch verschwinden, aber vorher sollen sie das Geld zurückgeben, das Geld, das sie ihr gestohlen haben und das Julia gehört, das Geld, das sie für Julia gespart hat, damit Julia studieren kann.

Ein beschissener Horrorfilm, denkt Wagner. Alles nur ein verdammter, hundsgemein beschissener Horrorfilm. Mit einer beschissenen Story. Mit beschissenen Darstellern. Und mit einer beschissenen Filmmusik. Diesem beschissenen Lied, das er jetzt schon wieder aus der Küche hört, während er auf der Kellertreppe sitzt und die Taschenlampe einschaltet und ausschaltet und einschaltet und ausschaltet. Und während die beschissenen Ameisen sich in die beschissenen Körper der toten Mädchen fressen.

Beschissen. Alles total beschissen.

Aber es war kein Film. Es war die beschissene Wirklichkeit. Wagner kurbelte das Autofenster herunter, damit die kühle Nachtluft hereinströmen konnte. Dann zog er den Hebel seitlich am Fahrersitz hoch und drückte die Rückenlehne so weit wie möglich nach hinten, bis sie mit einem Knacken einrastete. Er machte die Scheinwerfer aus, lehnte sich zurück und starrte durch die Windschutzscheibe in die Dunkelheit, wo gerade eben noch der Wald zu sehen gewesen war.

Er musste nachdenken. Unbedingt endlich nachdenken. Genau überlegen, was er jetzt tun sollte. Einen Plan fassen.

Bis vor einer Stunde war er auf der Kellertreppe gesessen und hatte die Taschenlampe ein- und ausgeknipst, doch schließlich hatten die Batterien den Geist aufgegeben. Möglicherweise war er dann noch sitzen geblieben, oder auch nicht. Möglicherweise hatte er nach seiner Mutter gesehen, oder auch nicht. Er wusste nur, dass er auf einmal in seinem Auto unterwegs gewesen war. Nur fort von dem Keller, weg von dem Haus, hinaus aus der Stadt, ohne wirklich zu wissen, wohin. Zweimal hatte er anhalten und aussteigen müssen, und sich am Straßenrand übergeben. Und irgendwann war er in einen schmalen Weg eingebogen, und erst nach ein paar hundert Metern hatte er bemerkt, dass er auf diesem Forstweg gestern schon einmal gefahren war, und er hatte dann den Wagen auch an der selben Stelle angehalten wie gestern. Doch heute war ihm weder nach Kartoffelchips noch nach Schokoriegeln zumute. So wie er sich im Augenblick fühlte, schien es ihm sogar völlig unmöglich, überhaupt jemals wieder etwas essen oder trinken zu können, nicht einmal einen Kaffee. Aber eine Zigarette brauchte er jetzt, und er war froh über die Packung, die noch im Handschuhfach lag. Eine Zigarette würde ihm beim Nachdenken helfen. Und er musste jetzt ganz gewaltig nachdenken, denn auch das Problem, für das er eine Lösung finden musste, war ganz gewaltig.

Eines war Wagner klar: Er konnte auf keinen Fall das tun, was normalerweise seine Pflicht wäre. Denn er wusste natürlich, worauf das unweigerlich hinausliefe.

So so, Herr Kollege Wagner. Das ist ja hochinteressant, Herr Kollege Wagner, was Sie uns da erzählen. Richtig spannend ist das sogar, Herr Kollege Wagner. Die beiden Mädchen haben also zuerst Ihre alte Frau Mutter gequält, aus reiner Langeweile oder weil sie bei irgendeiner teuflischen Sekte waren oder einfach pervers veranlagte Teenager, wie Sie sagen, und dann haben sie sich sinnlos betrunken, sind im Vollrausch über die steile Treppe in den Keller gestürzt und dort unten an ihren Verletzungen gestorben, und Sie haben von all dem fast zwei Wochen lang nichts bemerkt – haben wir das so richtig zusammengefasst, Herr Kollege Wagner? Und Ihre Frau Mutter hat Ihnen nichts erzählt, weil sie Angst davor hat, dass sie sonst in ein Altenheim kommt, ist das korrekt, Herr Kollege Wagner? Ach ja, und davor haben die Mädchen auch mit dem alten Herrn Moser vermutlich irgendwelche Spiele getrieben, satanische Rituale, wie Sie das nennen, die für ihn tödlich geendet haben, richtig, Herr Kollege Wagner? Und diesen Verdacht haben Sie schon die längste Zeit gehabt, und deshalb haben Sie sich sogar während Ihres Urlaubs auffallend intensiv mit dem Fall Moser beschäftigt und Ihren Dienststellenleiter immer wieder gedrängt, in diese Richtung zu ermitteln, weil Moser ja auch als Täter in Frage kommen könnte, aber gleichzeitig haben Sie äußerst vehement die Ansicht vertreten, dass die Mädchen sicher nur harmlose Ausreißerinnen seien, nach denen man nicht extra fahnden müsse – und das alles, während die Mädchen schon die längste Zeit tot in Ihrem Keller gelegen sind, wovon Sie aber überhaupt nichts bemerkt haben – das wollen Sie uns doch sagen, Herr Kollege Wagner? Ja? Haben wir Sie richtig verstanden, Herr Kollege Wagner? So, Herr Kollege Wagner, und jetzt stellen Sie sich bitte vor, Sie wären an unserer Stelle, was Ihnen als Polizist wohl nicht so schwer fallen dürfte. Würden Sie diese Geschichte glauben? Ganz ehrlich, Herr Kollege Wagner, würden Sie auch nur ein einziges Wort davon für wahr halten?

Die Schlagzeilen in den Zeitungen wollte er sich erst gar nicht vorstellen. Als neues Monster die Nachfolge Mosers anzutreten und die Titelseiten zu schmücken, auf dieses Vergnügen konnte er gern verzichten.

Aber selbst wenn die Ermittlungen beweisen würden, dass alles ganz genau so abgelaufen war, wie er es geschildert hatte, was wäre dann? Wie würde Christina reagieren? Wagner konnte sich ihr Entsetzen vorstellen, ihren Schock darüber, dass sie den Garten genossen hatte, während nebenan im Keller die Leichen der Mädchen lagen. Und dann? Eine gemeinsame Zukunft oder dass Christina jemals mit ihm in diesem Haus wohnen würde? Das könnte er vergessen. Ein für alle Mal. Christinas Vertrauen zu ihm wäre dahin. Vermutlich würde sie ihn sogar hassen.

Wagner sah dem Zigarettenrauch nach, der durchs offene Seitenfenster abzog und sich draußen in der Dunkelheit auflöste. Er zog noch ein paar Mal an der Zigarette, und als sie bis zum Filter heruntergebrannt war, beobachtete er, wie die Glut langsam von selbst erlosch. Er schnippte den Stummel aus dem Fenster und zündete sich eine neue an. Seine Augen hatten sich inzwischen an die Dunkelheit gewöhnt, und wenn er mit nach oben gerecktem Hals in den Rückspiegel über der Windschutzscheibe blickte, sah er schemenhaft ein Stück vom Gesicht eines Mannes, den er kannte, und der ihm trotzdem fremd war. Würde er diesem Mann vertrauen, wenn der ihm seine Unschuld beteuerte?

In diesem Augenblick wusste Wagner: Es konnte nur eine einzige Lösung geben. Die toten Mädchen mussten verschwinden. Spur-

los wie der Rauch seiner Zigarette in der schwarzen Nachtluft. Er dachte an die Ameisen. Waren die jetzt nicht seine Verbündeten? Irgendwo hatte er einmal etwas über Ameisenvölker gelesen, die einen Menschen innerhalb weniger Tage bis aufs Skelett abnagen können. Aber solche Menschenfresserameisen gab es sicher nur im Amazonasgebiet, da konnten die europäischen Wald- und Wiesenameisen nicht mithalten. Die Ameisen im Keller würden wahrscheinlich mindestens ein halbes Jahr für die Mädchen brauchen, und so viel Zeit hatte er nicht.
Alle anderen simplen Methoden, die Toten zu beseitigen, waren zu unsicher. Jede einfach vergrabene oder in einem See versenkte Leiche würde früher oder später entdeckt werden, und mit diesem Risiko wollte er auf keinen Fall leben. Selbst wenn es im Ernstfall schwer sein würde, irgendeine Verbindung zwischen den Leichen und ihm oder seiner Mutter herzustellen. Das war auch gar nicht der Punkt, auf den es ihm ankam, denn schließlich hatten weder er noch seine Mutter tatsächlich Schuld am Tod der Mädchen. Schuld daran waren ganz allein die Mädchen selber gewesen. Nein, Wagner wollte einfach alles hundertprozentig vernichten und alle Spuren vom Erdboden tilgen – als hätte nie etwas existiert, das sein Leben vergiften konnte. Nie wieder.
Im Prinzip wird er es so machen wie mit dem toten Eichkätzchen, überlegte Wagner. Zuerst im Keller mit der neuen Motorsäge und der Axt die Leichen in kleine Stücke zerteilen. Das wird zwar ekelhaft werden, aber es muss sein. Und dann die Stücke hinten im Garten mit Benzin übergießen und verbrennen. Jeden Tag nur drei, vier Teile. Ganz früh am Morgen, wenn noch keine Leute unterwegs sind, die ihn beobachten könnten. Die Knochen wird er zerstampfen oder, wenn es sein muss, in Salzsäure auflösen. Außerdem wird er den Holunderstrauch endlich wirklich ausgraben, die Erde mit dem Knochenstaub vermischen, alles wieder in das Erdloch geben, Rasenziegel drauf, vielleicht sogar einen neuen kleinen Holunderstrauch einsetzen, und fertig. Das

Biotop kann er ja auch an einer anderen Stelle anlegen. In vier, fünf Tagen müsste das alles zu schaffen sein. Was er seiner Mutter erzählen soll, falls sie Fragen stellt, darüber muss er noch nachdenken. Am besten wird ohnehin sein, wenn er sie vorher nun doch in ein Pflegeheim bringt, und wenn sie sich noch so dagegen wehrt und ihn bis zu ihrem Lebensende dafür hassen wird. Es muss einfach sein, und es ist ja auch sicher das Beste für sie. Irgendwelche Ausreden, mit denen er Christina davon abhalten kann, ihn in den nächsten Tagen in Garten zu besuchen, muss er sich auch noch einfallen lassen. Und die Blutspuren im Keller wird er beseitigen müssen, aber das wird das kleinste Problem sein.

Wenn er alles genau durchdachte und wenn er vorsichtig war, konnte nichts schief gehen, dessen war sich Wagner sicher. Trotzdem fühlte er sich nicht wohl bei der Vorstellung, was er jetzt zu tun hatte. Überkamen ihn plötzlich Skrupel? Doch wem würde er denn wirklich einen Schaden zufügen? Den Mädchen? Die waren schon tot und würden tot bleiben, ob man sie nun fände oder nicht. Moser? Der war auch schon tot. Und dem konnte es deshalb ebenfalls völlig gleichgültig sein, als was man ihn irgendwann bezeichnen würde, als Mörder oder als Opfer. Was tot war, war tot. So wie Julia. Ob es ihm nun Leid tat oder nicht. Aber er lebte. Und Christina lebte. Und nur darauf kam es schließlich an: zu leben. Morgen ganz in der Früh würde er damit anfangen. Morgen würde er die Toten beseitigen.

Wagner blickte in den Rückspiegel. Das Gesicht, das er sah, mochte er nicht. Er machte die Augen zu und beschloss, in seinem Auto bis zum Morgengrauen zu schlafen.

Es war ruhig hier am Waldrand. Aus der Stadt hinter dem Hügel konnte man manchmal ganz leise eine Hupe hören. Und einmal für kurze Zeit das Folgetonhorn eines Feuerwehrautos.

Sonst war Stille.

Sie waren noch immer da, diese schrecklichen Frauen. Er hat ihnen nicht gesagt, dass sie verschwinden sollen, obwohl sie ihn so sehr darum gebeten hat. Und obwohl sie ihm erzählt hat, was sie ihr angetan haben. Er ist einfach fortgegangen und hat sie allein gelassen mit diesen Weibern. Hat ihr kein Wort geglaubt, hat sicher wieder gedacht, sie würde spinnen. Oder er hat den Weibern gesagt, dass sie weitermachen sollen, und jetzt würden sie bald heraufkommen aus dem Keller und sie wieder schlagen und an den Haaren reißen.

Warum half ihr denn niemand? Wo waren sie alle, Ludwig und Julia und Klaus, ihr richtiger Klaus, der ihr glauben und sie beschützen würde? Wo waren sie? Wieso waren sie alle weg und ließen sie allein mit diesen bösartigen Menschen, diesen heimtückischen Hexen in ihren schwarzen Kleidern und diesem Unbekannten, der sich als ihr Sohn ausgab? All diesem Fremden, dem sie auf einmal ausgeliefert war und das sich in ihr Leben drängte und sie bedrohte?

Aber sie musste doch einfach nur die Kellertür wieder zusperren, dann würde sie vor ihnen sicher sein! Die Kellertür zusperren, die Kellertür zusperren, die Kellertür zusperren!

Bloß die Schlüssel, wo waren die Schlüssel? Sie musste die Schlüssel suchen. Unbedingt musste sie die Schlüssel suchen. Die Schlüssel waren ihre einzige Rettung. Wenn es nur nicht so dunkel gewesen wäre. Im ganzen Haus war es dunkel. Sie hatten ihr ja den Strom abgedreht. Wie sollte sie da jetzt die Schlüssel finden, wenn sie nichts sehen konnte?

Wie gut, dass sie die Schachtel mit den Christbaumkerzen noch nicht weggeräumt hat. Dabei war Weihnachten doch schon lang vorbei, oder? Jetzt konnte sie sich doch tatsächlich nicht mehr daran erinnern, vor wie viel Tagen sie Weihnachten gefeiert haben. Oder war Weihnachten erst nächste Woche? Jedenfalls war das ganze Haus weihnachtlich geschmückt. In allen Räumen Tannenzweige und Strohsterne und Lametta und Engelshaar, genau so, wie sie es liebte. Und die Schachtel mit den Christbaumkerzen und den Streichhölzern stand neben ihr auf der Eckbank in der Küche. Jetzt musste sie nur eine Kerze anzünden, und dann konnte sie die Schlüssel suchen. Und dann die Kellertür zusperren. Ja, sie wusste sich zu helfen, und wenn sie ihr noch tausendmal den Strom abdrehen würden. Sie musste keine Angst haben. Vor niemandem. Sie war stärker als sie. Und klüger.

Es war schwierig. Sie konnte nicht gleichzeitig die Kerze halten und das Streichholz anzünden. Sie brauchte beide Hände, die linke, um die Streichholzschachtel zu halten, und die rechte, um den Streichholzkopf an der Reibfläche zu entflammen. Dann musste sie die Schachtel auf den Tisch legen, die Kerze nehmen und die Streichholzflamme an den Docht halten. Als sie so weit war, erlosch das Streichholz. Sie versuchte es noch einmal. Und noch einmal. Ihre Hände zitterten. Immer wieder riss sie das Streichholz an, und immer wieder erlosch das Flämmchen. Erst beim vierten oder fünften Mal brannte die Flamme endlich lang genug, aber nun wollte der Kerzendocht nicht Feuer fangen. Sie hielt das Streichholz so lang an den Docht, bis ihr die Flamme die Finger verbrannte, und da erschrak sie und ließ das Streichholz fallen.

Das brennende Streichholz fiel auf den Tisch, fiel auf Papier, das auf dem Tisch lag, fiel auf Ludwigs Briefe. Und Maria Wagner sah, wie die Briefe sofort Feuer fingen, einer nach dem anderen, diese vielen Briefe, Ludwigs wunderschöne Briefe. Sie sah, wie die Briefe brannten, als wären sie Zunder, und sie starrte die Flammen an, und sie wusste nicht, was sie tun sollte.

Und sie sah, wie das Tischtuch zu brennen anfing und die Schachtel mit den Kerzen. Sah, wie aus der Streichholzschachtel eine Stichflamme emporschoss, als sich alle Streichholzköpfe auf einmal entzündeten. Sah, wie der Stoffbezug der gepolsterten Eckbank zu brennen begann – und da sprang sie endlich auf und griff im flackernden Schein des Feuers nach einer Flasche, die neben dem Herd stand, dachte, es sei eine Flasche mit Wasser, wollte damit das Feuer löschen, goss den Inhalt der Flasche in die Flammen, aber es war nicht die Wasserflasche, es war die Flasche mit dem Speiseöl.

Und da waren Strohsterne und Lametta und Engelshaar. Und Polsterbezüge und an den Wänden weiße Leinentücher mit blauen Stickereien. Und Gardinen und eine Zimmerdecke aus Holz. Und da waren Flammen, blaue, gelbe und rote Flammen. Und da war Rauch, grauer Rauch, schwarzer Rauch, undurchdringlicher Rauch, beißender Rauch.

Und dann die Stimme des alten Herrn Gruber. Sie holen uns hier raus, Fräulein Baumann, sie holen uns hier raus. Und Ludwigs Briefe und ein Berg alter Ziegel, von denen sie den Mörtel abklopfen muss. Und Julia auf ihrem roten Kinderfahrrad. Und Klaus, der seiner kleinen Schwester die Geschichte vom Weihnachtsgeschenkefresser erzählt. Und Ludwig, der ruft: Kinder, ich glaube, das Christkind ist gekommen! Und ein Garten mit Ribiselstauden und Apfelbäumen und einem Haus, aus dem sie niemals weggehen wird. Niemals, in ihrem ganzen Leben nicht. Und dann dieses Lied, das sie so gern singt. Sie hat nämlich eine wunderschöne Stimme. Wenn sie wollte, könnte sie sogar eine richtige Sängerin werden.

Warum eigentlich nicht? Ja, das wird sie jetzt machen. Sie wird eine Sängerin. Sie wird eine richtige Sängerin mit ihrer wunderschönen Stimme.

Sie wird singen.

Und sie wird nie wieder aufhören, zu singen.

Liebes Tagebuch! Ich muss dir unbedingt noch erzählen was heute passiert ist. Als ich schon im Bett war habe ich auf einmal Feuerwehrautos hupen gehört die draußen vorbeigefahren sind. Meine Oma hat gesagt dass in der Nähe ein Haus brennt und da habe ich so lange gebettelt bis sie mit mir hingefahren ist, obwohl es schon ganz spät war, weil ich unbedingt sehen wollte wie das ist wenn ein Haus brennt. Wir haben nicht ganz hinkönnen zu dem Haus, weil alles abgesperrt war und viele Feuerwehrautos da waren und auch Polizeiautos und die Rettung. Ich habe gesehen wie das Dach von dem Haus gebrannt hat und auf einmal ist ein Stück von dem Dach zusammengebrochen und das war irgendwie gruselig aber auch voll der Wahnsinn. Da waren auch noch andere Leute und dann ist ein Polizist gekommen und hat gesagt wir sollen weggehen, weil es da nichts zu sehen gibt und weil eh schon alles vorbei ist. Meine Oma hat gesagt dass sie gehört hat dass die Feuerwehrmänner eine alte Frau aus dem Haus getragen haben, aber die war schon tot. Sie hat auch gesagt dass ihr die Frau Leid tut und dass die Frau uns früher ein paar Mal besucht hat aber nicht oft, und da hat sie uns immer Äpfel aus ihrem Garten mitgebracht. Da habe ich mich erinnert dass die Frau mich immer so komisch angeschaut hat und dann hat sie dauernd Julia zu mir gesagt statt Bettina und das war voll arg und ich hab mich vor ihr gefürchtet als ich noch klein war. Das Haus von der Frau ist in einer Straße ganz in der Nähe von dem Haus von dem bösen Mann und die Frau war sicher auch eine böse Frau und darum ist sie jetzt tot zur Strafe. Ich glaube es waren Sandra und Daniela die sie bestraft haben. Irgendwie habe ich nämlich auch gespürt dass sie ganz in der Nähe sind, so wie gestern der Mann, der gesagt hat dass er der Freund vom Santan ist, und ich hoffe ich sehe ich sie bald wieder und dann feiern wir ein Fest, weil wir alle Freunde vom Santan sind und der ist stärker als alle anderen. Wenn ich groß bin werde ich auch eine richtige Hexe sein wie Sandra und Daniela und dann werden alle Angst vor mir haben, weil wenn ich will, kann ich ein Haus zum Brennen bringen mit meinem Feuermal oder ich kann auch Totmachen spielen so zum Spaß, und das wird sicher voll lustig.

Irgendwann in der Nacht wacht Wagner auf. Ihm ist kalt, sein Nacken schmerzt, sein Gaumen fühlt sich trocken und rau an, und seine Augen brennen. Außerdem hat er das Gefühl, dass er nicht allein in seinem Auto sitzt.
Er schaut in den Rückspiegel. Auf der hinteren Sitzbank hocken zwei Mädchen und starren ihn an. Zwei magere, blasse Gesichter, maskenhaft weiß. Große, schwarz umrandete Augen, schwarze Lippen, an denen sich ein paar riesige Ameisen festgebissen haben, kurze, struppige, schwarz gefärbte Haare. Hocken mit angezogenen Beinen auf dem Rücksitz, die Arme fest um ihre Knie verschränkt. Löchrige, schwarze Strümpfe, Springerstiefel, abgekaute, schwarz lackierte Fingernägel. Hocken regungslos da und bohren ihre Augen in seinen Hinterkopf.
Wagner spürt, wie sich sein Magen zusammenkrampft. Ein stechendes Würgen tief in Hals nimmt ihm den Atem, als hätte er seine Zunge verschluckt. Er möchte schreien, aber er kann nicht einmal flüstern.
Verdammte Scheiße, was macht ihr da? Ihr seid tot, zum Teufel noch einmal! Also raus aus meinem Auto!
Die beiden Mädchen im Rückspiegel grinsen.
Wieso tot? Erkennst du uns denn nicht? Wir sind's doch. Wir sind nicht tot.
Natürlich seid ihr tot. Ich hab euch doch gesehen. Und ich kann euch sagen, es tut mir kein bisschen leid, dass ihr tot seid. Also raus da!
He, du Idiot! Mensch, Klaus, wir sind's! Julia und Christina! Sperr' gefälligst deine Augen auf und schau genau hin. Von wegen tot.

Wagner richtet sich auf und wendet sich zögernd nach hinten. Da ist niemand. Keine Menschenseele. Nichts. Nichts außer Stille und nachtschwarzer Finsternis. Vorsichtig tastet er über die Sitzfläche der Rückbank. Nichts. Nur die Motorsäge und die Axt liegen immer noch da.
Er lässt sich wieder in seinen Sitz zurückfallen. Versucht, ruhig und tief durchzuatmen.
Alles klar, Klaus? Können wir jetzt endlich losfahren?
Die Stimme von Chris.
Er schaut in den Rückspiegel, aus dem ihm die schwarzweißen Gesichter der Mädchen unverwandt entgegenblicken. Ihn mit ihren Augen fixieren. Ihren Augen, die gar keine Augen sind. Nur milchig trübes Augapfelweiß, pupillenlos wie bei antiken Marmorstatuen. Blicklos. Blind.
Totenmaskenaugen.
Wagner schlägt sich auf die Stirn, kneift sich in die Wange. Er spürt nichts. Alles taub, wattig und fremd. Wie abgestorben.
Ihr seid wirklich ...?
Was? Natürlich sind wir wirklich.
Aber ich versteh' nicht. Warum seid ihr –
Frag nicht. Fahr endlich los.
Losfahren? Wohin?
Egal, wohin. Hauptsache, losfahren.
Die Stimme von Julia.
Irgendwohin, Klaus. Irgendwohin, wo es keine Weihnachtsgeschenkefresser gibt, ja? Und keine toten Puppen. Bitte, großer Bruder, irgendwohin.
Vorher noch einen Kaffee, Klaus? Stark, schwarz und mit viel Zucker?
Und dann weg. Einfach weit weg.
Klar. Einfach weit weg.
Ganz weit weg.
Weg von wem?

Weg von den Toten.
Das geht nicht. Die Toten lassen uns nicht los. Die Toten sind immer da.
Fahr los, Klaus. Fahr einfach los.
Gut, ich fahr ja schon.
Wagner umklammert das Lenkrad und schließt die Augen. Er spürt, wie eine fiebrig brennende Kälte in seinem Körper hochsteigt und ihn erstarren lässt.
Ach, Julia. Ach, Chris.
Wegfahren, denkt er. Neu anfangen, denkt er. Aber es ist zu spät. Es ist immer zu spät für alles.
Chris, Chris, Chris.

EVA GRÜNDEL
DAS LÄCHELN DER MADDALENA
Ein Sizilien-Krimi
molden

EVA GRÜNDEL
TEUFLISCHE WEIHNACHTEN
Ein Neapel-Krimi
molden verlag

IMPRESSUM

ISBN 978-3-85485-291-9

Lektorat: Reinhard Deutsch
Buchgestaltung: Bruno Wegscheider
Umschlagfoto: iStockphoto © mevans

Druck und Bindung: CPI Moravia Books GmbH
St. Stefan im Lavanttal

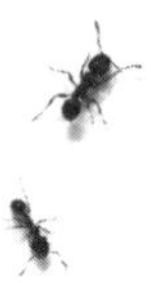

Hexenspiel

Psychokrimi